E-Z DICKENS SUPERHELDEN BUCH DREI

ROTES ZIMMER

Cathy McGough

Stratford Living Publishing

Was Leser sagen

Inhalt

Widmung

Für diejenigen, die glauben...

Epigraphik

"Ein Held ist ein gewöhnlicher Mensch, der die Kraft findet, trotz überwältigender Hindernisse durchzuhalten und zu bestehen."
Christopher Reeve

PROLOG

Zwei Jahre waren vergangen, und es war der erste Dezember, der fünfzehnte Geburtstag von E-Z. Obwohl es draußen eiskalt war und überall Schneeflocken fielen, wollten er, seine Familie und seine Freunde unbedingt draußen feiern, wo sie ein Lagerfeuer zum Aufwärmen und einen Grill aufstellten.

Jetzt, da Samantha und Sam verheiratet waren, herrschte im Haushalt der Dickens' noch mehr Betrieb. Es wurde nie langweilig, wenn Freunde zu Besuch kamen.

Die Hochzeit von Sam und Samantha war eine kleine Zeremonie auf dem Standesamt gewesen. Lia war die Trauzeugin, E-Z war der Trauzeuge und Alfred, der Trompeterschwan, war der Ringträger.

Lia hatte sich über Alfred lustig gemacht, weil er eine marineblaue Fliege trug und sonst nichts. Alfred ließ sich von dieser Aufmerksamkeit nicht beirren, denn er wusste, dass er sich in guter Gesellschaft befand, zum Beispiel in der von ehemaligen britischen Premierministern.

"Wenn der große Winston Churchill dachte, eine Fliege sei gut genug für ihn, dann ist sie auch gut genug für mich!" sagte Alfred.

"Er rauchte auch eine dicke, fette Zigarre!" sagte E-Z. "Ich hoffe, du fängst nicht auch an, so eine zu rauchen."

Lia hat gekichert.

"Die Steaks sind fertig!" rief Sam. "Wenn du sie blutig magst, komm und hol sie dir jetzt."

Nur Samantha kam nach vorne und stellte ihren Teller bereit. "Dein Sohn hat heute Lust auf Rare", sagte sie und tätschelte ihren Bauch.

"Was mein Sohn will, bekommt er", sagte Sam und hob ein Steak auf den Teller seiner Frau. Sie stocherte in der Mitte, während ihr Mann eine gebackene Kartoffel und ein paar Spargelstangen daneben legte.

Samantha mampfte Spargel, als sie sich zum Picknicktisch begab. Sie hatte E-Zs Geburtstag genau geplant und viel Zeit damit verbracht, den Tisch selbst mit Happy-Birthday-Motiven zu dekorieren. Sie setzte sich und schnitt ihre Ofenkartoffel in zwei Hälften, dann fügte sie saure Sahne, Schnittlauch, Butter und ein paar Spritzer Salz hinzu.

E-Z, Lia, Alfred, PJ und Arden blieben an Ort und Stelle, weil es in der Nähe der Feuerstelle meist wärmer war. Onkel Sam mochte es nicht, wenn sich Leute um ihn herum tummelten, wenn er den Grill bediente, also blieben sie ihm aus dem Weg. Außerdem mochten sie es, wenn ihre Pfähle gut durchgebraten waren, und es gab ihnen auch die Gelegenheit, allein zu plaudern und sich auszutauschen.

"Was halten Sie von unserer Superhelden-Website?" fragte E-Z.

PJ und Arden sahen sich an und zuckten dann mit den Schultern.

"Kommt schon", sagte E-Z. "Was denkt ihr wirklich darüber? Ich weiß, dass ihr einen Blick auf die Website geworfen habt, denn Onkel Sam hat mir geholfen, mir die Daten anzusehen. Ich hatte keine Ahnung, dass wir so viele Informationen herausfinden können, z. B. wer unsere Seite besucht, wie lange sie bleiben und was sie sich ansehen. Und ich habe eure IP-Adressen erkannt. Sagt mir, was ihr davon haltet?"

"Die ganze Wahrheit? Ohne Wenn und Aber?" erkundigte sich PJ.

"Brutale Wahrheit?" fügte Arden hinzu.

"Ja", lockte E-Z. Er senkte seine Stimme zu einem Flüstern. "Onkel Sam hat hervorragende Arbeit geleistet. Trotzdem sind wir nicht auf die richtige Zielgruppe ausgerichtet, da wir kaum Traffic bekommen. Außer Ihnen beiden und einer IP-Adresse in Frankreich hatten wir kaum Zugriffe.

"Ein paar Leute, so wie du, haben sich die Seite ein paar Mal angeschaut, aber sie bleiben nicht lange. Onkel Sam schlug vor, vielleicht einen Newsletter zu starten, die Leute dazu zu bringen, sich einzutragen und ihnen Updates zu schicken, aber ich weiß nicht. Heutzutage macht jeder einen Newsletter, und es scheint eine Menge Arbeit zu sein. Onkel Sam hat mir gezeigt, dass er sich für etwa fünfzig davon angemeldet hat!

"Was die Hilfeersuchen angeht - und das ist der Grund, warum wir eine Website eingerichtet haben -, so wurden wir bisher nur um Dinge gebeten, für die lokale Behörden wie Polizei und Feuerwehr zuständig sind. Mir gefällt der Gedanke nicht, dass wir zu einer Katze auf einem Baum eilen und die Feuerwehr in voller Montur auftaucht, um dieselbe Aufgabe zu übernehmen. Das ist ineffizient für sie und für uns. Und es ist peinlich, wenn sie auftauchen, während wir gerade fertig sind. Ihre Zeit ist wertvoll - sie retten jeden Tag Leben. Ich empfinde das als respektlos, wenn Sie wissen, was ich meine. Sie retten Leben und sind rund um die Uhr in Bereitschaft.

"Ich denke, wir brauchen Anträge, die außerhalb ihres Bereichs liegen, damit wir nicht ihre Zeit verschwenden oder ihre Arbeit noch schwieriger machen, als sie ohnehin schon ist. Tut mir leid für diese langatmige Rede, aber wenn ich daran denke, was sie nach dem Unfall mit meinen Eltern alles getan haben..."

PJ und Arden lehnten sich eng aneinander und flüsterten. Sie wollten Sams Gefühle nicht verletzen - schließlich waren sie keine Experten - und auch nicht riskieren, dass er sie belauscht und ihre Steaks knusprig anbrennt.

"Äh, wir verstehen dich vollkommen", sagte PJ. "Außerdem sind die Polizei und die Feuerwehr unverzichtbare Dienste, die dafür bezahlt werden, Menschen zu retten. Ihr dagegen seid Freiwillige."

"Ihre Website und ihre Online-Präsenz in den sozialen Medien unterscheiden sich also von der Ihren", so Arden. "Und sie haben eine Menge Personal auf vielen Ebenen, um alles zu pflegen und auf dem neuesten Stand zu halten.

"Ihre Website hingegen braucht etwas mehr Superheldenhaftes - wenn das überhaupt ein Wort ist - und weniger Corporate. Wie die Legenden, die, in deren Fußstapfen Sie treten. Sehen Sie sich einige der Websites an, die für sie eingerichtet wurden - und sie sind fiktive Figuren. Stellen Sie sich vor, was wir tun könnten, wenn wir ihrem Beispiel folgen würden", sagte Arden.

"Was zum Beispiel? Ich weiß, dass ihr ein paar Ideen habt, also teilt sie", sagte E-Z.

"Nun, wie Sie sich vielleicht denken können, haben wir beide ein Brainstorming gemacht. Und wir haben eine vorläufige Website erstellt - sie ist nicht live und wird es auch nicht sein, bis Sie sie genehmigen -, die zeigt, wie Ihre Website aussehen könnte. Sie befindet sich auf meinem Handy. Sehen Sie sich an, was wir meinen, und denken Sie über die Möglichkeiten nach, denn das haben wir ziemlich schnell gemacht." PJ drückte auf Start. Die Drei lehnten sich hinein.

Auf dem Bildschirm erschienen zunächst die Worte: "Willkommen auf der Superhelden-Website von *Die Drei*". Dann zoomte es auf E-Z in animierter Form. Er saß, wie nicht anders zu erwarten, in seinem Rollstuhl, trug ein schwarzes T-Shirt, blaue Jeans und ein Paar Laufschuhe.

E-Z strich sich die Haare glatt, als er sah, wie flaschenbürstenartig die schwarze Strähne in der Mitte seines blonden Haares aussah. Er konnte sich nie daran gewöhnen.

"Was ist das auf meinem Hemd, meiner Jeans und meinen Schuhen? Ist das ein, Logo? Und wie hast du mich in eine Karikatur verwandelt?"

"Ja, es ist ein Logo. Wir dachten, der Engelsflügel sei cool und passend", sagte Arden.

"Wir haben eine App benutzt, um dich in einen Cartoon zu verwandeln", sagte PJ. "Wir haben deine Arme etwas bearbeitet. Ich hoffe, wir haben es nicht übertrieben."

E-Z's schaute genauer hin, als die animierte Version von sich selbst die Arme verschränkte. Jetzt fielen ihm seine etwas klobigeren Unterarme auf und seine Wangen erröteten. Er sah aus wie ein Wichtigtuer, ein Angeber. Fanden seine Freunde wirklich, dass er so besser aussah? Er zuckte zusammen, als die Flügel von E-Z auf dem Bildschirm erschienen. Er schwebte in der Luft und zeigte auf ihn.

Dies war die erste Begegnung mit Lia. Sie kam auch in animierter Form. Lia war von Kopf bis Fuß in einen lila Overall mit einem Tutu gekleidet. Ihr blondes Haar war zu einem Pferdeschwanz hochgesteckt und über ihren Augen trug sie eine lila Sonnenbrille. Sie sah beschwingt, freundlich und niedlich aus, als sie über den Bildschirm lief. Sie drehte sich um und blieb stehen, wie ein Model auf dem Laufsteg, und nahm eine Pose ein.

E-Z spottete; er konnte sich nicht helfen.

"Wenigstens sehe ich nicht wie ein Angeber mit falschen Muskeln aus", sagte sie.

E-Z hat sich nicht geäußert.

Die animierte Lia streckte ihre Arme nach vorne, die Handflächen zeigten zum Boden. Dann, voila, drehte sie sie um. Das linke Auge in ihrer Handfläche öffnete sich, gefolgt von dem rechten. Synchron zueinander blinzelten sie. Lia hielt ihre Pose und pfiff dann durch ihre Finger.

"Ich wünschte, ich könnte das wirklich tun", sagte sie und versuchte, die animierte Version von sich selbst zu imitieren.

E-Z hat gepfiffen.

"Angeber", sagte sie und stieß ihn mit dem Ellbogen an.

Jetzt kam Klein Dorrit auf den Bildschirm. Sie war elegant und weiblich und so weiß wie Schnee. Das Einhorn flog zu Lia, landete und senkte seinen Kopf, damit das kleine Mädchen es streicheln konnte. Lia hüpfte auf, und Klein-Dorrit flog neben E-Z. Sie schwebten, dann drehten sie ihre Köpfe.

Das war Alfreds Stichwort. In Cartoonform schien sein leuchtend oranger Schnabel im Licht zu glitzern. Er stand in direktem Kontrast zu seiner kandisapfelroten Fliege. Als er auf Lia und E-Z zuging, quietschten seine Schwimmhäute an den Füßen, als wären sie Saugnäpfe.

"Meine Füße machen dieses Geräusch nicht!" sagte Alfred.

"Äh, die auch", sagte E-Z schmunzelnd, während Alfred auf dem Bildschirm seine Flügel ausbreitete und zur Seite seiner beiden Kameraden flog.

Die Drei stellten sich auf. E-Z stand in der Mitte, Lia zur Linken und Alfred zur Rechten. Dann passierte es. *Die Drei* - also Lia und E-Z - hielten ihre Daumen nach oben. Alfred seinerseits machte eine Geste mit erhobenen Flügeln.

"Das ist peinlich", flüsterte E-Z zu Alfred.

"Kein Scherz!"

"Pssst", sagte Lia, als die Off-Stimme auf dem Bildschirm einsetzte. Es war Ardens Stimme, aber sein Ton war leiser. Er klang wie ein Moderator einer Spielshow.

"Wenn du einen Superhelden brauchst... E-Z, Lia und Alfred - auch bekannt als *Die Drei* - stehen dir vierundzwanzig Stunden am Tag, sieben Tage die Woche zur Verfügung. Rufen Sie ***-***-**** an oder senden Sie eine Nachricht über soziale Medien.

Wenn du jemanden brauchst, der dir hilft, ruf *die Drei an*. Sie werden für dich da sein ... sofort. Du kannst dich auf sie verlassen...denn sie sind die Besten, die du je gesehen hast. Vierundzwanzig Stunden am Tag, sieben Tage die Woche... Zufriedenheit garantiert."

"Und jetzt kommt das große Finale", sagte Arden.

Die Drei verschränkten ihre Arme vor der Brust. Alfred faltete seine Flügel.

"Äh, das ist nicht möglich", sagte Alfred.

"Schhhh", sagte Lia.

Mit vorgestrecktem Kinn nahmen *die Drei* nacheinander eine Pose ein.

PJ machte eine Pause.

"In Anbetracht dessen, was Sie über die Zuständigkeiten gesagt haben, müssen wir diesen Teil vielleicht ändern", sagte er. Er drückte auf Start.

"Kein Auftrag ist zu groß oder zu klein für uns!" sagte eine computerisierte Version der Stimme von E-Z.

Dann drehte sich ein Kreis in der Mitte des Bildschirms immer weiter, als ob das WLAN ein Signal finden wollte. Nun füllte das Wort BAM! den Bildschirm. Dann das Wort SOCKO!

Sie beobachteten, wie E-Z eine Katze rettete, die hoch oben in einem Baum feststeckte.

"Oh Bruder", sagte er.

Die Stimme seiner Zeichentrickfigur fuhr fort.

"Wir sind die Drei

Wir sind für Sie da!

Katze steckt in einem Baum fest...

Wir holen ihn für dich runter!"

E-Z wurde gezeigt, wie er die gerettete Katze an eine Familie übergab.

"Das ist nie passiert", sagte er.

"Wir haben uns ein wenig die Freiheit genommen, zu dichten", gab Arden zu.

"Wir können alles reparieren, was Ihnen nicht gefällt", sagte PJ.

Nun erschien der Kreis wieder auf dem Bildschirm und drehte sich immer weiter. Als er anhielt, erschien auf dem Bildschirm das Wort BANG! Gefolgt von dem Wort ZIP!

Auf dem Bildschirm rettete der animierte E-Z ein Flugzeug voller Passagiere. Als er das Flugzeug absetzte, applaudierten Hunderte von Beobachtern auf der Landebahn.

"Das ist schon besser", sagte er.

"Pssst", sagte Lia.

Auf dem Bildschirm sagte E-Z,

"Weil wir deine Freunde sind!
Unsere Dienstleistungen sind kostenlos.
24/7
Denn wir sind *die Drei*!"

Wieder im Kreis, immer weiter im Kreis. Gefolgt von BINGO! Und BAM!

Jetzt wurde die Achterbahnrettung in animierter Form nachgestellt. Sie war sehr gut. So genau, dass man die Zuckerwatte und das Karamellmais riechen konnte.

"Oh!" sagte E-Z.

Lia applaudierte.

Alfred schüttelte seinen Hals hin und her, als wäre er gerade mit sehr kaltem Wasser bespritzt worden.

"Ich liebe es!" sagte Lia. "Und danke, dass du meine Lieblingsfarbe genommen hast. Woher wusstest du das?"

"Mir ist aufgefallen, dass du es oft trägst", sagte PJ. Seine Wangen erröteten. "Ich bin so froh, dass es dir gefällt."

"Was denkst du, E-Z?" fragte Arden.

Alfred blickte in die Richtung von E-Z.

"Das war", sagte E-Z, "äh ... ein guter Versuch."

"Das Essen ist fertig, kommt und holt es euch!" rief Sam.

"Lass das Geburtstagskind zuerst gehen", sagte Samantha.

E-Z machte sich mit Alfred auf den Weg über den Hof.

"Das ist perfektes Timing", sagte er.

"Ja, die beiden sind immer noch Idioten", antwortete Alfred.

"Aber sie haben das Herz auf dem rechten Fleck. Es ist eine clevere Idee, nur ein wenig übertrieben für uns."

"Ein bisschen?" Alfred kreischte.

"Okay, eine Menge, aber sie haben es ausprobiert. Wir können behalten, was wir wollen, und den Rest loswerden."

Als sie alle ihr Essen hatten, setzten sie sich an den Picknicktisch und aßen. Der Himmel veränderte sich, und helle Sterne füllten den Himmel um sie herum. Sie aßen sich satt, dann brachte Samantha den Geburtstagskuchen, den sie gebacken hatte, und alle sangen "Happy Birthday!"

"Rede! Reden!" rief Arden, und bald stimmten alle mit ein.

E-Z dachte ein paar Sekunden lang nach.

"Danke, dass ihr meinen fünfzehnten Geburtstag zu etwas Besonderem gemacht habt. Ich möchte mir eine Minute Zeit nehmen, um mich an meine

Mutter und meinen Vater zu erinnern und mit euch eine Geburtstagserinnerung zu teilen. Wenn das in Ordnung ist? Ich verspreche, dass ich nicht rührselig werden werde."

Alle nickten.

Samantha, die, seit sie schwanger war, immer durchnässt war. Ob sie nun glücklich war oder Tränen vergoss, sie wischte eine weg, bevor er überhaupt angefangen hatte. "Mir geht es gut", sagte sie, als Sam seinen Arm um sie legte.

"Es war an meinem fünften Geburtstag. Ich hatte keine Lust auf eine Party und wollte stattdessen lieber ins Kino gehen. Anstatt in der Zeitung nachzuschauen, was läuft, haben wir einfach beschlossen, vor Ort zu gehen und zu entscheiden, was wir sehen wollen. Entweder sagten sie, ich dürfe wählen, weil ich das Geburtstagskind sei."

Er schloss für einen Moment die Augen.

Er war gleich da hinten im Theater. Da war Mama, dick eingemummelt in einen Parka. Sie hatte ihre Ohrenschützer auf und rieb ihre Hände aneinander, wie sie es immer tat. Mama trug immer Handschuhe und beschwerte sich, dass ihre Finger kalt wurden.

Papa hatte seinen knielangen blauen Mantel über einer Jeans an. Er mochte es nicht, in der Stadt einen Hut zu tragen, weil das sein Haar durcheinander bringen würde. Seine Hände waren ohne Fäustlinge. Sie steckten zusammen mit seinen Schlüsseln in der Manteltasche.

E-Z schnupperte an der Luft. Er konnte das buttrige Popcorn im Kino riechen, das darauf wartete, dass sie hineingingen und es bestellten.

Sie haben sich die Plakate angesehen.

"Was ist mit dem da?", fragte seine Mutter.

"Nein, E-Z bevorzugt das?", sagte sein Vater.

Er öffnete seine Augen wieder.

Statt im Garten bei seiner Familie und seinen Freunden zu sein, war er wieder im Silo - schon wieder. Er war nicht mehr dort gewesen, seit die Erzengel ihre Vereinbarung gebrochen hatten.

"Happy Birthday!", rief die Stimme in der Wand.

Eine Klappe öffnete sich in der Wand neben ihm und ein Muffin kam zum Vorschein. Oben drauf stand: "Happy Birthday, E-Z". In der Mitte stand eine einzelne Kerze, die bereits brannte.

"Guten Appetit", sagte die Stimme und ließ Messer und Gabel auf den Tisch neben ihm fallen.

"Äh, danke", sagte er. "Warum bin ich hier?"

"Die Wartezeit beträgt vier Minuten", sagte die nervige Stimme. "Bitte bleiben Sie sitzen."

Als ob er eine Wahl gehabt hätte.

KAPITEL 1

GEBURTSTAG UNTERBROCHEN

E-Z rührte das Törtchen, das vor ihm stand, nicht an, obwohl es gut aussah und roch. Er fragte sich, was auf seiner Party los war. Wenigstens wusste er, dass sie den Kuchen nicht anschneiden durften, bevor er die Kerzen ausgeblasen und sich etwas gewünscht hatte. Eine Geburtstagsparty zu Hause, bei der er nicht einmal anwesend war!

"Holt mich hier raus!", rief er. "Ich verpasse meine eigene fünfzehnte Geburtstagsparty, und ich war gerade dabei, eine Geschichte zu erzählen."

Das Dach des Silos klaffte auf, und Eriel raste auf ihn zu wie ein Blitz in einem Gewitter.

"Es ist schön, dich wiederzusehen, ehemaliger Schützling", sagte er.

"Das Gefühl beruht nicht auf Gegenseitigkeit. Warum bin ich hier? Ich dachte, ich wäre mit euch allen fertig, und heute ist mein Geburtstag - ich muss zurück."

"Ja, ich entschuldige mich für das Timing - aber wir konnten deinen Geburtstag nicht verstreichen lassen, ohne dir wenigstens einen schönen Tag zu wünschen."

"Äh, danke, denke ich."

"Und wenn du schon mal hier bist, warum nimmst du nicht an deinem Geburtstagskuchen teil? Und vergiss nicht, dir etwas zu wünschen - du wirst jede Hilfe brauchen, die du kriegen kannst", sagte der Erzengel mit einem Kichern.

Neben E-Z öffnete sich ein Fenster, und ein mechanischer Arm kam mit einem brennenden Streichholz heraus. Er zündete den Docht an und zog sich dann so schnell in die Wand zurück, dass das Streichholz von selbst erlosch.E-Z betrachtete die flackernde Kerze. Er fragte sich, was die letzte Bemerkung zu bedeuten hatte, dachte aber, dass Eriel ihn veräppeln würde. Sein Gehirn schaltete sich aus. Ihm fiel nichts ein, was er sich gewünscht hätte. Abgesehen davon war er wieder zu Hause bei seinen Freunden und seiner Familie, um seinen Geburtstag zu feiern. Als er die Kerze ausblies, stimmte Eriel ein Lied an. Es war eine schmetternde Version von "Denn er ist ein lustiger Kerl, das kann keiner leugnen".

"Nichts für ungut", sagte E-Z, "aber du sollst Happy Birthday singen."

"Es ist der Gedanke, der zählt", sagte Eriel. "Jetzt, wo wir den Geburtstagsabschnitt deines Besuchs abgeschlossen haben, würden wir gerne wissen, ob du das Rätsel schon gelöst hast?"

"Rätsel? Welches Rätsel?"

"Ja, wir schlugen vor, dass Sie versuchen sollten, Verbindungen zu knüpfen - bei Ihren früheren Versuchen. Erinnern Sie sich, als wir sagten, dass wir Sie nicht mit dem Löffel füttern wollen? Hatten Sie dabei Erfolg?"

"Oh, es schien mir keine Priorität oder ein Rätsel zu sein, das ich lösen sollte, vor allem, da du dein Angebot ausgeschlagen hast. Aber ja, ich habe in mein Notizbuch geschrieben, um festzuhalten, was wir bisher erreicht haben, und ich habe ein paar Verbindungen zu Spielen entdeckt, aber die waren rein zufällig."

"Zufällig! Ganz bestimmt nicht. Die Vorfälle hängen zusammen - das kann jeder sehen!" sagte Eriel mit leiser Stimme, um seine Beherrschung nicht zu verlieren.

"Äh, tut mir leid, aber Zufälle gibt es immer wieder. Wissen Sie, wie viele Kinder Computerspiele spielen? Ich habe im Internet recherchiert. Im Jahr 2011 hieß es, dass einundneunzig Prozent der Kinder zwischen zwei und siebzehn Jahren jeden einzelnen Tag spielen. Das sind etwa vierundsechzig Millionen Kinder weltweit."

Ah, Sie haben es also herausgefunden. Das ist sehr gut. Haben Sie sonst noch etwas darüber herausgefunden? Oder irgendwelche Bedenken, die Sie haben könnten? Irgendein Grund, warum Sie mehr recherchieren sollten - Recherche ist gut. Initiative ist sehr, sehr, gut."

"Nein. Ich bin ziemlich beschäftigt, mit anderen Dingen - Schule und so weiter. Außerdem musst du mich erst davon überzeugen, dass es mehr als nur ein Zufall ist, wenn du willst, dass ich der Sache weiter nachgehe. Ich habe mir noch ein paar weitere Statistiken angeschaut. Zum Beispiel gibt es mehr Gamerinnen als je zuvor. Viele haben auf YouTube ein eigenes Unternehmen gegründet und verdienen damit ihren Lebensunterhalt. Natürlich sind es keine Kinder, aber den Statistiken zufolge, die ich im Internet gelesen habe, sind 2019 sechsundvierzig Prozent der Gamer Mädchen."

Eriel tippte sich mit seinem langen, knochigen Finger ans Kinn, als würde er darüber nachdenken, was E-Z ihm gesagt hatte. "Ah, ich bin wieder einmal beeindruckt. Findest du diese Zahlen nicht beunruhigend?"

"Äh, nein, das tue ich nicht." Er atmete tief ein und verlor die Geduld, seinen Geburtstag zu verpassen. "Ist es wichtig, dass wir das heute machen? Kannst du mich nicht ein anderes Mal hierher bringen? Nichts, worüber wir reden, klingt kritisch."

Eriel hörte auf zu klopfen und zog seine rechte Augenbraue hoch. Er blickte das Geburtstagskind an.

"Oder doch nicht?" erkundigte sich E-Z.

Eriel wartete, bevor er antwortete. Er wickelte seine Zunge um die Worte, als hätte er Schwierigkeiten, sie herauszubringen. Er hob die Tonlage seiner Stimme auf Sopran und sagte: "An-y-thin-g el-se a-bou-t tho-se t-wo in-ci-de-nts? An-y-thin-g, um ein-l-a-rm zu benutzen? Um ein Feuer unter dir zu entfachen?"

E-Z wünschte, Eriel würde sich klar ausdrücken und auf den Punkt kommen. Er wollte sich nicht blamieren, indem er das Offensichtliche feststellte oder sich irrte.

"Raphael hatte recht, du bist ein bisschen dumm."

"Hey!" rief E-Z. "Wenn du meine Hilfe brauchst, gehst du auf eine sehr seltsame Art vor, um sie zu bekommen." Er fuhr mit dem Finger durch den Zuckerguss auf dem Muffin und lutschte an seinem Finger. Er schmeckte gut, wie Zuckerwatte. "Töten. Einer hat versucht, mich zu töten, und der andere hat Leute in einem Laden umgebracht. Beide sagten, ihre Motive hätten mit dem Spiel zu tun."

"Volltreffer", sagte Eriel.

"Und?"

"Macht nichts!" Eriel verschwand durch die Decke und sang: "Dick wie ein Ziegelstein, dick wie ein Ziegelstein, dick wie ein Ziegelstein."

E-Z hob die Fäuste in die Luft. "Du kommst hierher zurück und sagst mir das ins Gesicht!"

Eriels Lachen ertönte und prallte an den Wänden ab.

PFFT.

"Äh, danke", sagte E-Z, dann fand er sich wieder zu Hause, auf seiner Party. Alle waren beschäftigt, spielten Spiele, machten ihr eigenes Ding - als wäre er gar nicht da gewesen - was er auch nicht war.

Er sah zu, wie Sam sich am Leiterball versuchte. Er war nicht besonders gut darin, aber E-Z ging trotzdem hinüber und beobachtete seinen zweiten Versuch.

Nachdem er seinen Wurf beendet und das Ziel völlig verfehlt hatte, ging er an die Seite seines Neffen.

"Wie ich sehe, arbeitest du immer noch daran, das Spiel zu verstehen", sagte E-Z.

"Ja, das ist ein erworbenes Talent. Wo sind Sie eigentlich hingegangen?"

"Eriel wollte mir unter anderem zum Geburtstag gratulieren."

"Äh, das war nett von ihm. Nicht wahr?"

"Nun, du kennst Eriel. Er tut nie etwas ohne ein Motiv. In diesem Fall wollte er, dass ich eine Verbindung herstelle, die auf einer Erinnerung beruht."

"Eine Erinnerung an was? An deine Eltern? An den Unfall?":

"Nein, er wollte, dass ich eine Verbindung zwischen zwei der Anstifter des Prozesses herstelle. Was ich übrigens getan habe. Dann ging er und sagte, ich sei dumm wie Bohnenstroh."

"Wie unhöflich!" rief Lia aus. Sie hatte zugehört, weil sie sich bei dem Ballwurfspiel zu Tode gelangweilt hatte.

"Und das an deinem Geburtstag", sagte Alfred. Er war sogar noch hoffnungsloser als Sam, da er die Bälle mit seinem Schnabel werfen musste.

"Willst du es mal versuchen?" fragte PJ und reichte E-Z den Ball, der seinen Stuhl vor der Zielscheibe neu positionierte und den Ball warf. Er traf die obere Sprosse, drehte sich ein paar Mal und landete in der Premiumposition.

"So macht man das!" sagte Sam.

"PJ und ich haben das ganze Spiel über solche Würfe geworfen", sagte Arden.

"Ah, aber du bist nicht mein Neffe", antwortete Sam.

Die Party ging weiter, bis es zu dunkel war, um noch weitere Spiele zu spielen, und alle beschlossen, nicht mitzusingen. PJ und Arden machten sich auf den Heimweg, während E-Z und der Rest der Bande ins Bett gingen.

KAPITEL 2
TROUBLE

Zwei Tage nach E-Zs Geburtstagsparty gerieten PJ und Arden in Schwierigkeiten.

Es war Lia, die eine Vision hatte, in der etwas nicht stimmte. Sie erinnerte sich an die Vision an Alfred und E-Z: "Es war, als wären sie in Trance. Und sie saßen beide an ihren Schreibtischen und starrten auf leere Computerbildschirme".

"Das ist nichts Ungewöhnliches", sagte E-Z. "Sie spielen oft zusammen und vielleicht haben sie geschlafen."

"Mit offenen Augen?"

"Okay, lass uns da rüber gehen", sagte E-Z.

"Es ist mitten in der Nacht!" rief Alfred aus.

"Trotzdem sollten wir es uns ansehen."

Die Drei schlichen sich aus dem Haus und beschlossen, zuerst zu P.J. zu gehen, da er am nächsten war.

"Ich glaube nicht, dass seine Eltern über einen so späten Besuch erfreut sein werden", sagte Alfred.

"Sie werden es verstehen", sagte Lia, als sie an der Haustür klingelte.

Wenige Augenblicke später öffnete ein sehr verschlafener Mann, der sich die Augen rieb, die Tür in seinem Schlafanzug - PJs Vater.

"Wer ist es?", rief seine Mutter von drinnen.

"Es sind PJs Freunde", sagte sein Vater. "Stimmt etwas nicht?"

"Äh", sagte E-Z, "entschuldigen Sie die Störung, aber wir müssen PJ unbedingt sehen. Es ist dringend."

"Dann kommst du besser rein", sagte PJs Vater.

KAPITEL 3

VORHER

Am frühen Abend hatten PJ und Arden an der Superhelden-Website gearbeitet. Sie haben die Informationen aktualisiert und ein paar neue Elemente hinzugefügt.

In der Vergangenheit wurde bei einer Anfrage nach Unterstützung eine E-Mail an den Posteingang gesendet. Wenn sich jemand das nächste Mal anmeldete, sah er sie und reagierte entsprechend. Mit dem neuen System erhalten E-Z, Arden und PJ die Textnachrichten sofort.

Darüber hinaus würde die Person, die eine Anfrage stellt, eine automatische Antwort mit Zeitstempel erhalten. PJ und Arden waren sich sicher, dass dieses automatische Upgrade das Vertrauen in die Website stärken und mehr Besucher auf die Website bringen würde.

PJ und Arden richteten auch einen YouTube-Kanal mit einem Podcast ein. Das war eine neue Idee, die sie in einer Brainstorming-Sitzung entwickelt hatten. Sie waren begeistert, E-Z davon zu erzählen. Es wäre eine hervorragende Möglichkeit, die Online-Präsenz *von The Three* zu erhöhen. Sie richteten auch ein Community Board für offene Diskussionen ein.

Das System kategorisierte auch die eingehenden Nachrichten. Zum Beispiel die Rettung einer Katze aus einem Baum. Die Drei hatten mehrere Anfragen für diesen Dienst erhalten. Da die örtlichen Beamten besser ausgerüstet waren, um diese Anrufe zu beantworten, machten PJ und Arden daraus einen Code Blue.

Ein Code Blue bedeutete, dass die Katze bereits gerettet war, als E-Z ankam, um sie zu retten. Ein Code Blue bedeutete, dass er warten sollte, um zu sehen, ob die Situation geklärt war, bevor er losfuhr.

Ein gelber Code könnte sein, dass jemand seine Schlüssel vergessen oder im Auto eingeschlossen hat. Als E-Z dort eintraf, war die Situation bereits geklärt. Auch hier wurde geraten, zu warten und nachzusehen, bevor man losfuhr.

Durch die Kategorisierung von Blauen und Gelben können sich E-Z und sein Team auf die wichtigeren Anrufe konzentrieren, d. h. auf die Code Reds.

Ein Code Red lag vor, wenn Leben oder Gliedmaßen in Gefahr waren. Seit der Einrichtung der Website hatten die Drei keine Anfragen in dieser Kategorie erhalten.

Zufrieden mit dem, was sie erreicht hatten, beschlossen sie, etwas Dampf abzulassen. Sie nahmen an einem Multiplayer-Spiel teil.

"Drei Mädchen", tippte PJ an Arden.

"Wir können es mit ihnen aufnehmen", antwortete er.

Das Spiel begann, und anfangs lief alles wie immer ab. Sie verprügelten die Mädchen, stiegen Stufe um Stufe hinauf und töteten alles, was in Sicht war. Dann kam plötzlich alles zum Stillstand.

KAPITEL 4
PJ'S HEIM

Nun gingen *die Drei* und PJs Eltern den Korridor entlang in sein Zimmer. Was sie sahen, war größtenteils so, wie Lia es sich vorgestellt hatte. Der Unterschied war, dass der Computerbildschirm noch an war. Er blinkte und flackerte, während PJ anscheinend fest schlief.

"Was ist denn mit ihm los?" erkundigte sich PJs Mutter. "Er sollte im Bett sein und schlafen. Sieh dir seine Haltung an. Er ist wahrscheinlich dehydriert. Ich werde ihm ein Glas Wasser holen."

PJs Vater ging durch den Raum und rüttelte an den Schultern seines Sohnes. Er erwartete, dass sein Sohn aufwachen würde, aber das tat er nicht. Stattdessen rutschte er in seinem Stuhl nach unten und wäre auf den Boden gefallen, wenn sein Vater ihn nicht aufgefangen hätte. Er trug seinen Sohn und legte ihn auf sein Bett.

PJs Mutter kam zurück, stellte das Wasser auf den Beistelltisch und drückte ihre Lippen auf die Stirn ihres Sohnes. "Kein Fieber", sagte sie.

PJs Vater hob das rechte Augenlid seines Sohnes an und sah, dass nur noch das Weiße seiner Augen zu sehen war. "Rufen Sie 911", rief er.

"Nein, ich denke, wir sollten unseren Hausarzt, Doktor Flannel, anrufen", sagte PJs Mutter. "Er war schon öfter für einen Hausbesuch hier. Wenn es sich um einen Notfall handelte - und dies ist definitiv ein Notfall."

"Mrs. Handle", sagte E-Z, "er wird wieder gesund."

"Natürlich wird er das", antwortete sie, während Mr. Handle aus dem Zimmer ging, um Doktor Flannel zu rufen."

Als er zurückkam, warteten sie alle gemeinsam schweigend und beobachteten PJ, während er schlief. Als ob sie erwarteten, dass er aufsprang und anfing, herumzualbern. Es wäre typisch für ihn, wenn er sich aufspielen würde. Sie zum Narren halten.

Mr. Handle war zappelig und wippte mit dem Bein auf und ab, während er saß. Er stand auf, bewegte sich durch den Raum und beugte sich hinunter, um die Festplatte zu betrachten. Er hob den Fuß, als wolle er dagegen treten, überlegte es sich aber im letzten Moment anders und zog das Kabel aus der Steckdose.

Sie sahen zu, wie Mr. Handle am ganzen Körper zu zittern begann, bis er den Stecker fallen ließ. Er drehte sich um und ging auf sie zu. Hinter ihm strömte

Rauch aus der Festplatte. Sekunden später zerbrach der Monitorbildschirm.

"Nimm den Feuerlöscher!" rief Alfred, aber E-Z hatte sich bereits das Glas Wasser geschnappt und warf es auf die Kiste. Es zischte und schloss sich dem Bildschirm an, beide waren absolut tot.

PJs Mutter lief zu ihrem Mann und half ihm, sich zu setzen. "Der Arzt kann sich dich auch ansehen, wenn er kommt", sagte sie. "Du hast so ein Glück. Ich könnte es nicht ertragen, wenn ihr beide verletzt wärt."

"Mir geht es gut", sagte Herr Handle.

Aber für die Drei sah er nicht gut aus. Er war blass, ein bisschen grün und ein bisschen grau.

"Nur keine Aufregung", sagte Mr. Handle. "Danke für die schnelle Reaktion, E-Z." Und zu seiner Frau: "Gut, dass du das Wasser mitgebracht hast."

"PJ wird sehr verärgert sein, wenn er sieht, dass sein Computer kaputt ist."

"Aber, aber", sagte Mr. Handle. "Er wird es verstehen."

Es ging ihm eindeutig besser, denn die Drei bemerkten, dass sich seine Atmung und seine Blässe wieder normalisiert hatten.

Da alles in Ordnung zu sein schien, erwähnte E-Z Arden. "Während Sie auf den Arzt warten, müssen wir unbedingt nach Arden sehen. Wir glauben, er könnte in einem ähnlichen Zustand sein."

"Sie spielen oft zusammen, aber was um alles in der Welt könnte dies verursacht haben? erkundigte sich Herr Handle.

"Ich weiß nicht, aber macht es Ihnen etwas aus, wenn ich nach Arden sehe?"

"Gehen Sie nur", sagte Frau Handle.

"Lia wird hier bei dir bleiben", sagte E-Z. "Sie kann uns auf dem Laufenden halten, und wenn du uns brauchst, kommen wir sofort zurück."

"Danke, E-Z, und Alfred", sagte Mr. Handle, als er sie zur Haustür begleitete.

KAPITEL 5
ARDEN'S HEIM

E-Z und Alfred machten sich auf den Weg zu Ardens Wohnung. Noch bevor sie klopfen konnten, öffnete Ardens Vater, Mr. Lester, die Tür.

"Woher wussten Sie das?", fragte er.

E-Z konnte ihm nicht die Wahrheit sagen. Also improvisierte er stattdessen eine Lüge. "Ich bin schon mein ganzes Leben lang mit Arden befreundet, also weiß ich irgendwie, wenn etwas nicht stimmt. Kann ich ihn sehen?"

"Sicher, komm mit in sein Zimmer", sagte Ardens Mutter Mrs. Lester. "Erschrecken Sie nicht. Er schläft nur. Morgen früh geht es ihm wieder gut."

Mr. Lester nahm die Hand seiner Frau und führte sie durch den Flur zu Arden, der tief und fest schlief.

"Oh", rief Alfred aus, als er ihn sah. "Er sieht aus, als stünde er unter Schock."

"Schauen Sie unter seine Augenlider", sagte Mr. Lester.

E-Z zog das Augenlid seines Freundes zurück. PJs Pupille war sichtbar, aber sie war größer und sah so aus, als ob sie jeden Moment aus seiner Augenhöhle explodieren könnte. Er schloss das Augenlid wieder über ihr.

Alfred Hoo-hoo'd. Das war es, was die Lesters hörten. Was er sagte, war: "Was zum Teufel sollte das verursachen? Furcht? Oder etwas Ernsteres wie ein Anfall?"

E-Z zuckte mit den Schultern, ohne zu antworten. Die Lesters waren schon verängstigt und gestresst genug, außerdem würden sie nur Vermutungen anstellen.

"Wo genau haben Sie ihn gefunden?" fragte E-Z.

"Er saß vor seinem Computer", sagte Mrs. Lester.

"War der Bildschirm eingeschaltet?", fragte er.

"Ja, das war es", sagte Mr. Lester. "Wir haben unseren Hausarzt angerufen. Er ist gerade beschäftigt, hat ein anderes Gespräch, aber er wird sich bei uns melden."

"Sie haben bereits einen Arzt in PJs Haus angerufen, einen Doktor Flannel. Ich rufe mal Lia an und frage, ob er schon eine Diagnose gestellt hat."

"Sie sind fast identisch", sagte er.

"Was meinst du mit "fast"?"

Er rollte sich aus dem Zimmer. Kein Grund, die Familie Lester noch mehr zu beunruhigen, als sie es ohnehin schon taten. Er flüsterte ins Telefon: "Seine Pupillen sind noch sichtbar, aber sie sind riesig. Wie Wunden, die zu platzen drohen!"

"Oh, ekelhaft!" sagte Lia. "Vielleicht sollte er ins Krankenhaus gehen?" "Sie haben ihren Hausarzt angerufen, aber er ist nicht erreichbar. Sagen Sie mir Bescheid, sobald Dr. Flannel seine Meinung gesagt hat, und ich werde sie weitergeben. Erzählen Sie ihm von Ardens Auge und fragen Sie ihn, ob er zu einer sofortigen Einweisung ins Krankenhaus rät."

"Wird gemacht. Ich melde mich wieder."

Er erklärte den Lesters alles. Sie starrten mit leeren Gesichtern vor sich hin. Er war besorgt darüber, wie sie das alles aufnehmen würden.

"Möchte jemand eine Tasse Tee?" erkundigte sich Mrs. Lester.

"Nein danke", sagte E-Z. Mrs. Lester gehörte zu den Müttern, die glaubten, dass Tee die meisten Probleme lösen konnte.

Mr. Lester folgte seiner Frau in die Küche.

"Machst du normalerweise nicht bei ihren Spielen mit?" erkundigte sich Alfred, als er und E-Z mit Arden allein waren.

Manchmal", sagte E-Z, "aber in letzter Zeit verbringe ich meine freie Zeit meistens mit Schreiben. Heutzutage habe ich nicht mehr viel Zeit für mich."

"Verständlich. Tut mir leid, wenn ich mich zu sehr herumtreibe."

"Nein, das ist schon in Ordnung. Ich muss mich mehr organisieren. Die Schularbeiten werden immer komplizierter, du weißt ja, wir sind auf dem Weg zu einer Karriere und einem Abschluss. Sie wollen, dass wir wissen, wohin wir gehen, und wir wissen noch nicht einmal, wo wir sind."

"Ich erinnere mich an diese Tage, aber du wirst es herausfinden. Jedenfalls bin ich froh, dass du das Spiel nicht mit ihnen gespielt hast - sonst wärst du vielleicht in demselben Zustand wie sie."

"Stimmt. Ich kann mir nicht vorstellen, was sie so sehr erschrecken würde ... wenn es das ist, was passiert ist. Ich meine, ein Spiel ist ein Spiel - nicht die Realität. Es muss ein toller Wettkampf gewesen sein."

Die Lesters kehrten in das Zimmer ihres Sohnes zurück.

"Was ist passiert?" Mrs. Lester kreischte.

Ardens Augenlider waren nun geöffnet und enthüllten ein weißes Inneres. Wie PJ waren auch seine Pupillen verschwunden.

E-Z hatte ein Déjà-vu-Gefühl, als Mr. Lester durch den Raum ging und sich bückte, um den Stecker zu ziehen.

"Stopp!" schrie E-Z. "Nicht anfassen!"

Mr. Lester erstarrte an Ort und Stelle.

"Mr. Handle hat fast einen Stromschlag bekommen, als er es berührte. Das Beste ist, es in Ruhe zu lassen."

"Oh, Gott sei Dank waren Sie hier und haben mich gewarnt", sagte Mr. Lester.

"Ja, danke E-Z. Ich könnte es nicht schaffen, wenn mein Sohn und mein Mann beide verletzt wären. Ich könnte es einfach nicht." Sie durchquerte das Zimmer und legte die Arme um ihren Mann.

"Danach stürzte sein Computer ab, der Bildschirm zerbrach und Rauch kam heraus", erklärte E-Z. "PJs Computer ist also verbrutzelt, gebraten - Toast. Ardens Computer hingegen ist noch intakt. Wenn wir herausfinden, wie wir da reinkommen - sicher - können wir vielleicht herausfinden, was mit ihnen passiert ist. Zuerst muss ich Onkel Sam anrufen und ihn um Hilfe bitten. Er kennt sich mit Technik aus, also wird er wissen, was zu tun ist."

"Moment", sagte Mrs. Lester. "Willst du uns sagen, dass PJ und Arden beide dasselbe sind?"

Er nickte.

"Ich habe immer gesagt, dass Computer böse sind", sagte sie. "Mein Arden ist ein Sportler. Er hätte Sport treiben sollen und nicht am Computer sitzen und seine Zeit vergeuden." Sie schluchzte in die Brust ihres Mannes und er hielt sie fest.

"Computer sind für die Schule notwendig", sagt Mr. Lester. "Unser Sohn hat nichts falsch gemacht, und ich bin sicher, dass er bald wieder ganz der Alte sein wird. Er braucht nur ein bisschen Schlaf. Ein bisschen Ruhe, das ist alles. Er wird schon wieder."

Alfred Hoo-hoo'd.

E-Z erhielt eine Nachricht auf seinem Telefon. "Lia sagt, Doktor Flannel hat gesagt, sie sollen PJ lassen, wo er ist. Er sagte, seine Augen sollten sich von selbst wieder normalisieren. Er sagt, P.J. scheine keine Schmerzen zu haben. Sein Herzschlag und sein Puls sind normal. Er braucht Ruhe."

"Danke", sagte Mr. Lester.

"Danke, dass Sie vorbeigekommen sind", sagte Mrs. Lester. "Wir werden Ihnen Bescheid geben, wenn es irgendwelche Änderungen gibt."

E-Z und Alfred gingen nach einem langen Besuch nach Hause und trafen sich mit Lia, und sie gingen alle zusammen nach Hause.

"Ich frage mich", sagte E-Z, "ob diese Sache mit PJ und Arden ein Versuch sein soll. Eriel hat angedeutet, dass ich mir über etwas Sorgen machen sollte. Dass ich der Sache überhaupt nachgehen will. Wenn dem so ist, bin ich mir nicht sicher, wie ich das Problem lösen soll. Habt ihr eine Idee? Abgesehen davon, dass wir Onkel Sam bitten müssen, uns zu helfen, in Ardens Computer einzudringen - ich bin völlig ratlos."

"Es ist seltsam, wenn es ein Prozess ist", sagte Alfred. "Denn Prozesse gehören der Vergangenheit an, nicht wahr?"

"Das sind sie, aber wenn PJ und Arden verletzt sind, habe ich keine andere Wahl, als mich einzumischen. Auch wenn die Erzengel unsere Abmachung nicht eingehalten haben."

"Sie scheinen beide nicht mehr bei Sinnen zu sein. Was erwarten sie denn von dir? Es ist ja nicht so, dass du Heilkräfte hast oder so", sagte Alfred.

"Aber DU schon!" sagte Lia.

"Das tue ich, aber nur, wenn sie brauchbar sind. Ich habe versucht, mit ihren Köpfen zu kommunizieren. Aber es war, als ob sie leer wären. Ich konnte sie nicht erreichen. Um sie zu heilen, müsste es eine Art von

Verbindung geben. Und es gab nichts, womit ich mich verbinden konnte.

"Ich frage mich immer wieder, ob ich Ariel um Hilfe bitten soll. Sie ist der Engel der Natur. Vielleicht gibt es etwas, das sie vorschlagen kann, oder etwas, das sie tun kann, was ich nicht kann."

"Das ist eine vielversprechende Idee", sagte E-Z.

WHOOPEE

Ariel ist angekommen.

"Was ist los?", fragte sie.

Alfred erklärte die Situation.

E-Z fragte, ob dies ein Prozess sei, den die Erzengel im Nachhinein einfädeln wollten.

"So oder so musst du deinen Freunden helfen", sagte sie. "Du willst ihnen helfen, nicht wahr?"

"Natürlich weiß ich das, aber was ich tun muss, was ich in einer Verhandlung tun muss, ist normalerweise offensichtlicher."

"Habe ich nicht gehört, dass du nicht die Initiative ergreifen kannst?" erkundigte sich Ariel.

"Willst du damit sagen", erkundigte sich E-Z mit leiser Stimme, um nicht die Beherrschung zu verlieren. "Dass die Erzengel meine Freunde ins Koma versetzt haben, um meine Initiative zu testen?"

Ariel lächelte. "Nein, ich will nichts dergleichen andeuten. Aber wenn es ein Prozess wäre, was würdest du dann tun, um ihnen zu helfen?"

"Wenn ich eine Prüfung vor mir habe, schaltet sich mein Gehirn ein. Ich weiß, was zu tun ist, um das Problem zu lösen, und ich tue es auch. In diesem Fall habe ich keine Ahnung, was ich tun kann. Sie sind in medizinischer Gefahr. Ich bin kein Arzt."

Ariel verschränkte die Arme. "Was hast du versucht, Alfred?"

"Ich habe versucht, eine Verbindung zu ihren beiden Seelen herzustellen. Wenn ich Menschen oder Kreaturen heilen kann, besteht normalerweise eine Verbindung - eine, die nicht durch eine äußere Kraft unterbrochen wurde. In beiden Fällen war es so, als wäre die Tür zugeschlagen worden und ich konnte sie nicht durchbrechen."

"Damit hast du dir deine Frage selbst beantwortet", sagte Ariel. "Kann ich dir sonst noch irgendwie helfen?"

"Du warst keine große Hilfe", sagte Lia.

Alfred entschuldigte sich.

WHOOPEE

Und Ariel war weg.

"Du solltest nicht so mit ihr reden", sagte Alfred. "Wenn sie uns hätte helfen können, hätte sie uns geholfen."

"Es tut mir leid, aber es ist frustrierend, wenn sie nicht mehr wissen als wir. Sie sind Erzengel! Sie sollten etwas wissen, was wir nicht wissen, wozu sind sie sonst gut?" erkundigte sich Lia.

"Du meinst, Haniel ist immer in der Lage, jedes Problem zu lösen?"

Lia zuckte mit den Schultern. "Ich hatte noch nicht viel zu besprechen."

E-Z sagte: "Eriel ist nutzlos. Jedes Mal, wenn ich ihn um Hilfe gebeten habe, hat er sie mir vorenthalten. Ja, er gab mir Ratschläge. Sagte mir, ich solle es selbst herausfinden.

"Als er mich das letzte Mal vorgeladen hat, deutete er eine Art Verschwörung an, oder eine Verbindung, wie er es nannte.

"Als ich ahnte, was es war - Spielchen -, dass es eine Verbindung gab, war er immer noch nutzlos. Ich wünschte, sie würden es sagen. So oder so, dann kann ich mich darauf konzentrieren, meine beiden Freunde aus dieser Situation zu befreien."

"Sehen Sie, was ich meine?" sagte Lia. "Alle Erzengel sind völlig nutzlos."

"Haniel hat dir geholfen, als du dir die Augen verletzt hast", erinnerte Alfred sie.

Lia drehte ihm den Rücken zu.

"Hoffen wir, dass der Arzt Recht hatte und sie morgen früh beide wieder sie selbst sind", sagte E-Z. "Das ist alles, was wir tun können."

Als sie nun zu Hause ankamen, gingen sie in den Hinterhof. Sie begrüßten Klein-Dorrit, sahen zu, wie die Sonne aufging, und besprachen ihren nächsten Schritt.

E-Z ging auf einige Dinge ein, die ihm auf den Nägeln brannten. Im Weißen Zimmer hatten sie ihn ermutigt, die Punkte zu verbinden. Zuletzt half ihm Eriel, die Sache einzugrenzen.

Er ging alles durch, was ihm das Mädchen im Laden erzählt hatte. Wie sie Geiseln genommen hatte, wie in einem Spiel. Wie sie ein Kostüm trug, damit sie wie eine Kopfgeldjägerin im Spiel aussah.

Als nächstes ging er auf die Details des Jungen vor seinem Haus ein. Der Junge hatte offen gesagt, dass er von Stimmen im Spiel beauftragt worden war, E-Z zu töten, und dass seine Familie getötet würde, wenn er es nicht täte.

Dann dachte er an die Beteiligung von Eriel und den anderen Erzengeln an den Versuchen. Jetzt waren PJ und Arden involviert.

Würden die Erzengel sie heranziehen, um an ihn heranzukommen? War es seine Schuld - weil er das Rätsel, das sie ihm aufgegeben hatten, zu langsam gelöst hatte? Die Erzengel sagten, sie seien mit ihm fertig. Sie hatten die Prüfungen abgebrochen, und er war froh, sie los zu sein. Warum waren sie zurück und versuchten, eine neue Verbindung zu ihm herzustellen? Das konnte kein Zufall sein.

Er öffnete den Mund, um Alfred und Lia zu sagen, woran er dachte - stattdessen landete er wieder im Silo. Nur war der Behälter diesmal nicht mehr aus Metall, sondern aus Glas und er war ohne seinen Stuhl.

KAPITEL 6
AUF DEN KOPF GESTELLT

E-**Z** schwebte kopfüber in einer Glasblase und betrachtete das grüne, grüne Gras der Erde. Er befand sich hoch oben, und sein Kopf schmerzte so sehr, dass er befürchtete, er würde platzen und den ganzen Behälter vollspritzen. Aber zum Glück hielt ihn etwas aufrecht. Was es war, wusste er nicht.

Im Gegensatz zu den anderen Malen, als er im Silo war, war er nicht gesichert (oder sein Stuhl war nicht befestigt). Die andere Sache, die ihm Sorgen bereitete, war, dass er Eriel nicht kommen sehen würde, wenn er so kopfüber hing. Und er würde ihn auch nicht riechen können.

In dem Moment, als er an Eriel dachte, verschob sich der Container. Er fürchtete zu fallen. Er wollte sich an etwas festhalten, aber es gab nichts, woran er sich festhalten konnte, außer der Luft. Er schlang seine Arme um sich. Dann spürte er eine Bewegung. Die Glaskammer drehte sich im Uhrzeigersinn um einhundertachtzig Grad. Sein Kopf fühlte sich sofort besser an, klarer, und er konzentrierte sich darauf, wieder herauszukommen. Je schneller, desto besser.

Doch zu spät, das Ding drehte sich und drehte sich dann um weitere hundertachtzig Grad. Damit war er wieder da, wo er angefangen hatte.

"Hallo, Doody", kreischte Eriel und drückte sein Gesicht gegen die Scheibe. Dann klopfte er und sang: "Lass mich rein, lass mich rein."

"Holt mich hier raus!" E-Z schrie.

"Beruhige dich", gurrte Eriel. "Du bist aus reiner Herzensgüte hier. Ich wollte dir persönlich sagen, dass deine Freunde in Gefahr sind."

"Du meinst PJ und Arden?" Eriel nickte. "Ja, das weiß ich schon! Du großer Possenreißer!"

"Sticks and stones will break my bones, but names can never hurt me", sang Eriel.

"Wenn du mich nicht sofort hier rausholst, werde ich dir mehr antun, als Stöcke und Steine tun können!"

Eriel tippte mit dem knochigen Finger gegen sein Kinn. Immerhin war er immer noch auf der rechten Seite, was ein Vorteil gegenüber der Perspektive war, in der E-Z sich befand.

"Ich wollte dir sagen, dass du dir keine Sorgen machen musst, auch wenn deine Freunde in Gefahr sind. Sie sind nicht in der Gefahr von Superhelden." Er hielt inne. "Ein kleines Vögelchen hat mir gezwitschert, dass du denkst, wir wollen dir einen weiteren Prozess unterjubeln... das tun wir nicht. Überlassen Sie sie dem Schicksal."

"Was soll das heißen, sie sind nicht in Superhelden-Gefahr?" E-Z schrie.

Eriel verschwand und der Glasbehälter fiel herunter. Er schlug um sich, stabilisierte sich. Es fiel wieder. So ging es immer weiter, bis er sicher war, dass sein Schädel bald wie ein Ei auf dem Bürgersteig aufschlagen würde.

Dann sah er Alfred, der drüben am Rande des Rasens an einem Grashalm knabberte.

"Hey!" rief E-Z. "HEY!"

Alfred hörte auf zu essen und watschelte hinüber. Er nahm den Anblick seines Freundes wahr, der kopfüber in einer Glasblase hing.

"Was machst du da drin?", fragte der Trompeterschwan.

"Eriel!" rief E-Z aus.

"Genug gesagt. Ich gehe und wecke Sam. Ich hoffe, er weiß, was zu tun ist, um dich da rauszuholen."

"Gute Idee und bitten Sie ihn, mir meinen Stuhl zu bringen."

Während er wartete, verfluchte E-Z sich selbst. Er hatte eine Gelegenheit verpasst, mehr Informationen von Eriel zu verlangen. Er hatte sich wie ein Opfer verhalten. Er hatte seine beiden besten Freunde im Stich gelassen.

Er schmiedete einen Plan. Wenn ich hier rauskomme, werde ich Eriel finden und ihn dazu bringen, mir zu sagen, wie ich PJ und Arden retten kann. Ich werde ihn schwören lassen, dass er mich nie wieder in diese Lage bringen wird.

Moment mal. Wenn PJ und Arden nicht in Superheldengefahr waren. In welcher Art von Gefahr waren sie dann? Mussten sie überhaupt gerettet werden? Oder hatte Doc Flannel recht, als er sagte, dass sie es bald überstanden haben und wieder die Alten sein würden?

Ihm gefiel die Aussage "überlasst sie dem Schicksal" nicht. Er glaubte, dass wir unser Schicksal selbst in die Hand nehmen, und seine beiden Freunde lagen im Koma. Sie konnten sich nicht selbst helfen, also wollte er ihnen helfen. Ganz gleich, was Eriel sagte.

Schließlich kam Onkel Sam heraus und schwang ein großes Werkzeug in der Hand. "Das ist ein Glasschneider", sagte er. "Ich wusste, dass er eines Tages nützlich sein würde, als ich ihn in einer dieser Werbespots im Fernsehen kaufte. Sie sagten, er könne Glas wie Butter durchschneiden. Mal sehen, ob das eine falsche Werbung war." Er schnitt um den Boden herum. Langsam. Vorsichtig.

"Hey, beeil dich, ich ersticke hier drin! Wenn die Sonne aufgeht, werde ich gebraten."

"Geduld, lieber Junge", gurrte Alfred.

"Fast fertig", sagte Sam. Er kniete sich hin und schob sich vorwärts, während der Cutter den Boden des Containers aufschlitzte. Inzwischen nippten die Knie seines Schlafanzugs an dem taufrischen Rasen. "Ich nehme an, Eriel hatte etwas damit zu tun, dass du da drin bist?"

"Bestätigt."

Sam beendete den Schnitt, ließ seinen Neffen los und half ihm in seinen Rollstuhl.

"Danke, Onkel Sam."

"Gern geschehen. Erklären Sie es mir jetzt bitte?"

"Ich bin zu müde. Und ich bin zu genervt, um es zu erklären. Können wir das bitte morgen früh machen?"

Die Sonne leuchtete rot, als sie sich über den Horizont schob.

In ein paar Stunden würde E-Z nach seinen Freunden sehen müssen. Er hoffte, dass es ihnen gut gehen würde. Zurück zur Normalität. Dann müsste er keinen weiteren Gedanken mehr daran verschwenden. Wenn nicht ... wenn sie es nicht waren. Nun, so oder so würde alles besser werden, wenn er etwas Schlaf bekommen hatte.

"Ich kann ihm alles erklären", bot Alfred an.

"Was weißt du schon davon? Ich musste dich anschreien, um deine Aufmerksamkeit zu bekommen."

"Oh, ich habe alles gesehen. Was denkst du, was ich hier draußen gemacht habe? Ich habe darauf gewartet, dass du um Hilfe bittest. Ich wollte deine Eriel-Zeit nicht stören."

"Unterbrechen. Sehr witzig. Okay, klärt ihn auf. Ich gehe jetzt ein bisschen schlafen. Ich bin zu müde, um weiter zu denken." Er rollte sich die Rampe hinauf und ins Haus und ließ sich angezogen ins Bett fallen.

E-Z träumte, es sei sein siebter Geburtstag. Seine Eltern hatten den virtuellen Indoor-Spielepark gemietet. Er hatte insgesamt zwölf Kinder eingeladen, also waren es dreizehn, und ein Team musste einen zusätzlichen Spieler haben. Da es sein Tag war, wurden Teams gebildet, und der letzte Spieler wurde in sein Team aufgenommen. Sie nannten sich die Ball Breakers. Das andere Team, angeführt von Kyle Marshall, nannte sich die Bat Shitz.

"Du kannst diesen Namen nicht benutzen", schimpfte das Team von E-Z. "Das ist praktisch ein Schimpfwort."

"Ach, denk doch mal nach", sagte Marshall. "Die Schreibweise ist Shitz. Wir sind nach meinem Hund benannt. Sie ist ein Shitz-hu."

"Lasst uns spielen", sagte E-Z.

PJ und Arden gehörten zum Team von E-Z. Das Tornado-Trio-Team trat dem Bat-Shitz-Team in den Hintern, bis sie alle zu müde waren, um sich zu bewegen.

"Das Essen ist serviert", rief die Mutter von E-Z. Die Eltern warteten im angrenzenden Restaurant. Sie hatten eine Reihe von Pizzen, eimerweise Softdrinks und schließlich einen Kuchen mit Kerzen bestellt.

Die Kinder verließen gemeinsam den Spielbereich. Bald merkte Arden, dass er seine Baseballmütze vergessen hatte.

"Ich kann es nicht verlassen! Ich muss zurückgehen!"

"Wir kommen mit dir", sagte E-Z. "Gib mir eine Sekunde, um es meiner Mutter zu sagen."

"Ich sage ihr Bescheid", sagte Kyle, der in der Nähe war.

E-Z, PJ und Arden verfolgten den Weg zurück. Als sie die Mütze nicht finden konnten, liefen sie weiter.

"Es muss hier irgendwo sein!" sagte Arden.

"Ich hätte nicht gedacht, dass es so weit ist", sagte E-Z.

"Diese Geier werden die ganze Pizza auffressen, bevor wir zurück sind", sagte PJ.

"Keine Sorge, Frau Dickens wird uns etwas zu essen aufheben. Sie weiß, dass wir nicht lange bleiben werden."

Der Korridor weitete sich zu einem anderen Gebäude, einem anderen Ort. Vor ihnen befand sich eine gigantische Guillotine. Oben, über der Klinge, befand sich Ardens Mütze. Auf der Klinge selbst befand sich ein Schild. Es tropfte immer noch rote Farbe oder Blut. Darauf stand: "Der Kopf kommt hierhin."

"Träumen wir?" fragte Arden. "Ich brauche meine Baseballkappe nämlich gar nicht so dringend."

"Hört zu. Stimmen", sagte E-Z.

Flüstern, ganz leise, aber murmelnd. Zuerst war es eine einsame Frau. Dann gesellte sich eine andere dazu, für ein Duett. Dann kam eine weitere hinzu, die ein Trio bildete. Das Flüstern verwandelte sich in einen Singsang.

"Ich kann kein Wort verstehen", sagte PJ.

"Pssst", sagte E-Z und hielt seinen Finger an die Lippen.

Als die Stimmen sangen,

"B-Link und du bist tot.

B-Link und Sie sind tot.

B-link and you're dead, B-link and you're dead", zu der Melodie von Happy Birthday to you.

"Das ist unheimlich!" sagte P.J.

"Gehen wir zurück", sagte Arden, als die Tür, durch die sie hereingekommen waren, zuschlug und Schritte auf dem Korridor widerhallten.

Die Schritte wurden lauter.

KLANK. KLANK. KLANK.

Kettenhemd. Sie kommen näher. Gestiefelte Füße. Ein Soldat. Eine sehr große Gestalt, mit Kapuze. Trägt etwas Silbernes bei sich: einen Messerschärfer.

Als er den Fuß der Guillotine erreichte, zog der Kapuzenmann eine Feder aus seiner Tasche. Er hielt sie gegen die Klinge. Sie schnitt durch sie wie Butter. Trotzdem ging er weiter und schärfte die Klinge weiter. Während er die Klinge schärfte, summte er leise vor sich hin, als hätte er Spaß an seiner Arbeit.

"Als ob die Klinge der Guillotine nicht schon scharf genug wäre!" flüsterte PJ. "Holt mich hier raus!"

Arden rannte zur Tür und begann, dagegen zu hämmern. "E-Z, du musst uns hier rausholen! Ihr müsst uns helfen! Bitte hilf uns!"

NACHRICHT LADEN.

Die Gesichter von PJ und Arden tauchten auf dem Bildschirm auf. Sie sagten zwei Worte:

"WARN THEM".

E-Z wachte auf und hörte, wie Onkel Sam mit den Fäusten gegen seine Zimmertür schlug. "Steh auf, E-Z, wir können Lia nicht finden!"

Jetzt, wo er wach war, wurde ihm klar, dass sie versucht hatte, mit ihm in Kontakt zu treten. Um ihn auf den neuesten Stand zu bringen. Er überprüfte sein Telefon. Eine Nachricht mit einem Update.

"Schon gut", sagte E-Z, "sie ist bei PJ. Sag Samantha, dass es ihr gut geht. Ich muss bald zu ihm und Arden gehen. Wo ist Alfred?"

"Er ist im Garten", sagte Sam. "Willst du etwas frühstücken, bevor du gehst?"

"Ein gegrilltes Käsesandwich wäre genau das Richtige. Danke."

Als E-Z sich anzog, dachte er über seinen Traum nach. Die Jungs sprachen zu ihm, durch ein gemeinsames Ereignis, das sie hatten, als sie sieben Jahre alt waren. Er musste herausfinden, was es damit auf sich hatte. Sie warnen? Wen genau warnen? Das war ein eindeutiger Hinweis, aber wen genau wollten sie, dass er sie warnt?

Ja, er war sich ganz sicher, dass sie ihm etwas sagen wollten, aber was genau? Er hatte wieder einmal den heimlichen Verdacht, dass das alles etwas mit Eriel zu tun hatte.

Zuerst ging er zu Ardens Haus, und der arme Kerl lag wie immer wie ein Zombie in seinem Bett. Ein Arzt war an seiner Seite, als E-Z und Alfred das Haus betraten.

"Wie lautet die Diagnose?" fragte E-Z.

"Schaffen Sie erst einmal dieses Federvieh hier raus!", rief der Arzt.

Alfred huhute aus Protest und watschelte davon. Draußen knabberte er an etwas Gras und putzte sich die Federn.

Der Arzt sah Mr. und Mrs. Lester an: "Wie viel soll der Junge wissen?"

"Das ist E-Z, er ist einer von Ardens besten Freunden."

"Ich weiß, wer er ist, ich habe ihn im Fernsehen gesehen, wie er Menschen gerettet hat."

E-Z wusste nicht, was er sagen sollte, also sagte er nichts, aber er mochte die Einstellung dieses Arztes nicht.

"Arden liegt im Koma."

"Ja, das dachte ich mir schon. Oh, und wann wird er wieder aufwachen? Dr. Flannel drüben im Handle-Heim - wo PJ in demselben Zustand ist - sagte, er würde bald wieder normal sein."

"Das weiß ich nicht. Sein Körper schützt ihn vor etwas, also wird er aufwachen, wenn es ihm gut genug geht. In der Zwischenzeit sollte jemand rund um die Uhr bei ihm sein." Dann zu den Lesters: "Es wäre vielleicht das Beste, wenn Sie beide eine Krankenschwester einstellen würden. Ich kann Ihnen jemanden empfehlen. Wenn Sie von zu Hause aus arbeiten können, wäre das das Beste. Ich werde mich in ein paar Tagen wieder bei Ihnen melden."

"In ein paar Tagen", wiederholte Mr. Lester.

Mrs. Lester führte den Arzt aus dem Haus.

E-Z folgte. "Wenn ich helfen kann, eine Schicht an seiner Seite machen, zögern Sie nicht zu fragen. Ich gehe jetzt zu P.J. rüber. Lia ist schon da, und sie hat geschrieben, dass es ihm genauso geht."

"Halten Sie uns auf dem Laufenden und grüßen Sie PJs Familie von uns."

"Wird gemacht", sagte E-Z, als er und Alfred wieder vereint waren. Beide hoben vom Boden ab und flogen zu PJs Haus.

Als sie Seite an Seite weiterflogen, sagte Alfred: "Ich war nicht scharf auf diesen Arzt. Wenn ein Mensch unfreundlich zu Tieren ist, traue ich ihm nicht."

"Ich verstehe dich, aber er hat nur seine Arbeit gemacht."

"Wir Schwäne haben keine Seuchen verursacht oder ... Ach, egal. Ich habe die Vogelgrippe vergessen - aber die ist durch den Menschen entstanden."

Sie landeten bei PJs Haus, wo Lia mit offener Tür auf sie wartete.

"Wie läuft es bei euch beiden?", fragte sie.

"Gut", sagte Alfred.

"Ah, er ist ein bisschen sauer, weil Ardens Arzt ihn aus dem Zimmer geworfen hat, aber mir geht es gut, danke. Und Ihnen?"

"Mir geht es gut, aber PJs Eltern verlieren den Verstand und es gibt keine Anzeichen für eine Besserung."

"Haben sie den Arzt zurückgerufen?" fragte Alfred.

"Nein. Er hat ihnen Hoffnung gemacht, aber sonst nichts, vor allem, dass er wieder zu sich kommt. Aber ich mache mir Sorgen, dass er sich irrt." Sie hielt inne und errötete ein wenig.

"Ach, noch etwas, als ich seine Hand gehalten habe." Sie blickte die beiden an. "Er, na ja, ich bin mir nicht sicher, ob ich es mir eingebildet habe oder ob er es wirklich getan hat - aber ich dachte, er hätte sie gequetscht."

"Äh, danke, dass ihr bei ihm geblieben seid. Wir sollten uns bei seinen Eltern ablösen, damit keiner zu müde wird. Du kannst jetzt nach Hause gehen und etwas Zeit mit deiner Mutter verbringen. Sie macht sich bestimmt schon Sorgen um dich." Auf keinen Fall wollte er das Händchenhalten erwähnen.

"Ich gehe dann, wenn du es tust", sagte Lia, als sie sich auf den Weg zu PJs Zimmer machten.

Alfred, Lia und E-Z waren nun mit PJ allein.

"Ich hatte letzte Nacht einen seltsamen Traum. PJ, Arden und ich waren an meinem siebten Geburtstag - aber die Dinge geschahen nicht wie damals. Sie versuchten, mit mir durch ein gemeinsames Ereignis zu kommunizieren, aber ich bin mir nicht sicher, was sie mir sagen wollten."

"Erzähl uns den Traum", sagte Alfred. "Und lasst nichts aus."

"Ja, sagen Sie es uns und wir werden sehen, ob wir Ihnen bei der Interpretation helfen können."

"Nun, es fing ganz normal an. Alles war so, wie es an diesem Tag war, bis Arden seine Baseballmütze vergaß und wir drei zurückkamen, um sie zu holen."

"Also hat er seine Baseballkappe nicht auf der richtigen Party verloren?"

"Nein, hat er nicht. Er war sogar so besessen von dieser Mütze, dass wir ihn oft damit aufzogen, dass sie auf seinem Kopf klebte. Das war also ein wichtiger Teil des Traums. Und dann gingen wir zurück zum Spielbereich und der Gang schien viel länger zu sein, als er war, als wir ihn verließen.

Wir gingen lange Zeit spazieren. Wir plauderten, wie wir es immer taten. Zuerst merkten wir gar nicht, dass wir schon eine ganze Weile gelaufen waren. Arden überlegte, ob er die Mütze dort lassen sollte, wo sie war, weil der Weg dorthin so lange dauerte, aber wir entschieden uns, sie zu holen. Er sagte, die Mütze habe einen sentimentalen Wert für ihn."

"Interessant", sagte Lia. "Weißt du, warum er die Mütze so sehr liebte?"

"Er trug es immer, weil er die Mannschaft mochte. Ich habe nie gewusst, dass es im wirklichen Leben eine andere sentimentale Bindung als an die Mannschaft selbst gab. Und im Traum, zu diesem Zeitpunkt, nicht, bis er es sagte. Dann wurde der Flur größer und wir befanden uns in einem großen, luftigen Raum, wie ein Auditorium. In der Mitte des Raumes befand sich eine gigantische Guillotine."

"Was! Wie seltsam!" sagte Alfred.

"Es ist irgendwie beängstigend", sagte Lia.

"Da ist noch mehr. Oben, über der Klinge, war Ardens Mütze und darunter ein Schild mit der Aufschrift: Der Kopf kommt hierher."

Lia und Alfred schnappten nach Luft.

"Arden sagte, er sei nicht mehr so scharf auf den Hut. In diesem Moment wurde es dunkel und wir hörten schwere Schritte, die auf uns zukamen. Stiefel. Das Klacken von Ketten oder Rüstungen. Dann ging das Licht wieder an, als ein Mann mit einer Kapuze über dem Kopf hereinkam. Er ging zur Guillotine und wetzte seine Messer, eines nach dem anderen."

"Was dann?" fragte Alfred.

"Dann erschien ein Computerbildschirm mit der Aufschrift LOADING und ein Bild von den beiden erschien. Sie sagten zwei Worte:

"WARN THEM".

"Was dann?" fragte Alfred erneut.

"Dann hat mich Onkel Sam geweckt und gefragt, ob ich wüsste, wo Lia ist."

"Das ist nicht viel", sagte Lia. "Hat er diese Mütze geliebt? Und wer sollte gewarnt werden?"

"Ardens Lieblingsmannschaft waren und sind die Boston Red Sox. Die Mütze war ein Geschenk für ihn - authentisch - er würde sie nie zurücklassen, egal was passiert. Dennoch hat er mindestens zweimal erwogen, sie im Traum zurückzulassen."

"Aber er war nicht so scharf darauf, seinen Kopf in die Guillotine zu stecken, um sie zu bekommen", sagte Alfred.

"Wer sollte das sein?" fragte Lia.

"Ich wünschte, wir könnten Ardens Computer benutzen. Ich wette, da ist ein Hinweis drauf. Ich wette, er hat eine Datei, etwas Verstecktes, das ich finden könnte. Vielleicht ging es in dem Traum darum. Und warum er mir den Hinweis gegeben hat."

Lia suchte im Internet nach der Bedeutung eines Traums mit einer Guillotine in ihrem Telefon. "Es heißt, dass es für Angst oder Furcht steht. Wenn man wegen etwas herausgehoben wird oder sich schämt."

"Ich glaube, ich habe eine Idee", sagte E-Z, während er durch die Liste seiner Kontakte auf seinem Telefon blätterte.

"Warte mal", sagte Alfred, "ruf Sam an".

"Du hast recht, vielleicht sollte ich das erst mit ihm besprechen." Er rief Sam an und erklärte ihm die Situation. Sam sagte, er käme gleich zu Arden, sie sollten ihn dort treffen.

"Alles in Ordnung hier drin?" fragte PJs Mutter. "Willst du etwas trinken oder so?"

"Nein, danke, aber Onkel Sam fährt zu Arden und wir treffen ihn dort. Wir werden einen Blick auf Ardens Computer werfen und herausfinden, was er zuletzt gemacht hat. Schade, dass PJs Computer kaputt ist."

"Das ist eine clevere Idee. Wir haben gehört, dass Ardens Eltern auch einen Arzt hinzugezogen haben, war er eine Hilfe?"

"Nein, das war er nicht."

"Wir halten Sie auf dem Laufenden, wenn wir etwas hören", sagte Lia, während sie PJs Stirn abtastete.

"Du bist ein gutes Mädchen", sagte PJs Mutter. Dann verließ sie den Raum und kämpfte gegen die Tränen an.

Als sie bei Ardens Haus ankamen, wartete Sam schon draußen auf sie. Er hatte seinen Laptop und eine Tasche voller Computerwerkzeuge und einige andere Kleinigkeiten dabei.

Gemeinsam gingen sie hinein, wo Sam seinen eigenen Computer, einen Laptop, in der Nähe aufstellte, ihn auf der anderen Seite des Raumes anschloss und dann einen Blick auf Ardens Gerät warf. Er war direkt an die Wandsteckdose angeschlossen. Ohne schützende Stromleiste für unerwartete Überspannungen. Gut, dass er immer eine in seiner Tasche hatte.

Nachdem er die Sicherheitsstromleiste gesichert hatte, schloss er Ardens Computer daran an. Sie warteten - und nichts geschah. Er nahm das als gutes Zeichen und schaltete den Strom ein, woraufhin Ardens Computer zum Leben erwachte. Ein Passwort war erforderlich. Ein Passwort, das keiner von ihnen kannte.

"Irgendwelche Vermutungen?" fragte Sam.

E-Z tippte Boston Red Sox ein. Er versuchte es mit Ardens zweitem Vornamen, der Daniel lautete. Nicht gut.

"Versuchen Sie es mit der Guillotine", schlug Alfred vor.

"Bingo!" sagte E-Z. Jetzt musste er nur noch die Geschichte durchsuchen.

"Lassen Sie mich", sagte Sam, während er in die Einstellungen klickte und nach etwas Ungewöhnlichem suchte. Es gab nichts Ungewöhnliches.

"Was war das Letzte, was er getan hat? Hat er ein Spiel gespielt?" fragte E-Z.

Als Sam anklickte, um das herauszufinden, geriet der Überspannungsschutz in Brand. Onkel Sam rannte los, um das Feuer zu löschen, und als er zurückkam, hatte E-Z es bereits mit einer Decke erstickt. "Gut gedacht", sagte er.

"Ich hoffe, Ardens Mutter denkt so!"

"Nimm die Festplatte!" sagte Sam, was er auch tat, bevor sie durchgebrannt war. "Jetzt nehmen wir sie mit und sehen, was wir sehen können."

KAPITEL 7
DISKUSSION

Als sie sich auf den Heimweg machten, dachte E-Z immer noch über die Nachricht "Warne sie" nach. Könnte es mehr als ein Traum gewesen sein?

"Ich frage mich", sagte er.

"Worüber?" fragte Sam.

E-Z erzählte von seinem Traum und der Botschaft und fügte dann seine neue Idee hinzu, um zu sehen, was sie davon hielten.

"PJ und Arden haben die Website so eingerichtet, dass wir in Zukunft Podcasts machen können. Ich überlege, ob ich das nutzen soll, sobald wir herausgefunden haben, wen wir warnen können. Wir könnten sicher eine Menge Leute erreichen."

"Das ist eine brillante Idee!" Sam sagte: "Aber sollten wir uns nicht jetzt eine Anhängerschaft aufbauen? Damit wir dann, wenn wir bereit sind, die Warnung zu übermitteln, bereits einige Abonnenten haben?"

"Was soll ich sagen?"

"Lass uns darüber nachdenken", sagte Lia. "Und wir werden gleich an deiner Seite sein."

"Ich habe kein Problem damit, einen Teil des Redens zu übernehmen."

Als sie zu Hause ankamen, gingen sie hinein.

KAPITEL 8
BRANDY LEBEN

Als sie ihn zum ersten Mal sah, war es die Musik, die sie gemeinsam hatten. Sie spielte Klavier, besser als der Durchschnitt, aber nicht außergewöhnlich gut. Ihr Musiklehrer sagte, sie habe eine natürliche Begabung - was auch immer das heißen mag. Aber sie konnte nur Lieder spielen, die ihr etwas bedeuteten. Dann würde sie sich an sie erinnern und sie sofort spielen können. Aber wenn man sie zwang, etwas zu spielen, das sie nicht mochte, hasste sie den Unterricht.

Sie blieb dabei. Hat sich gezwungen, auch wenn sie es gehasst hat. In der Hoffnung, dass sie sich einen Platz in der Schulband erschleichen könnte.

Ihre Eltern wollten etwas vorweisen können für all die Unterrichtsstunden, für die sie bezahlt hatten. Sie bestanden darauf, dass sie in der Band mitspielt, um sich mehr an den Schulaktivitäten zu beteiligen.

"Das macht sich gut auf deiner College-Bewerbung", sagte ihr Vater.

"Versuch dein Bestes, das ist alles, was wir verlangen. Gib dein Bestes!", sagte ihre Mutter.

Bei den diesjährigen High School Auditions gab es jedoch jede Menge talentierter Kinder. Ein begabter männlicher Schlagzeuger war bereits auf der Bühne, als sie die Aula betrat.

Mit schwitzenden Handflächen und klopfendem Herzen bewegte sie sich in der Reihe. Eine Reihe von Schülern und Lehrern klatschte und wippte mit den Zehen. Sie konnte spüren, wie der Boden mit jedem Takt pulsierte.

Wie ein Roboter ging sie am Rand des Saals entlang, bis sie so nah wie möglich an der Bühne war.

Jetzt schlich sie sich durch die Tür und ging hinter die Bühne. Stellte sich zu den anderen Künstlern an Deck und applaudierte, als wäre sie schon immer dabei gewesen.

Es war ein brillanter Plan. Alle waren so in sein Vorsprechen vertieft, dass sie nicht einmal bemerkten, dass sie sich in die Schlange eingereiht hatte.

"Wer ist das?", flüsterte sie dem Mädchen zu, das vor ihr in der Schlange stand.

"Pssst!", antworteten die anderen wartenden Darsteller.

Er trommelte weiter, in Jeans gekleidet, sein blondes Haar wogte und hüpfte. Dann lehnte er sich näher an das Mikrofon und seine tiefe, melodische Stimme stimmte in den Beat ein.

Sie drückte etwas näher, und dabei bemerkte sie einen Juckreiz, der vorher nicht da gewesen war. Auf ihren Handflächen, ihren Armen, ihren Beinen. Sie kratzte sich und fand keine Linderung. Im Gegenteil, es wurde schlimmer und bald war es, als würde ihre Haut brennen. Dann verschlechterte sich ihre Atmung und ihr Herzschlag verlangsamte sich.

"Beruhige dich", flüsterte sie laut und in ihrem Kopf.

Das war das Letzte, woran sie sich erinnerte, bevor sie in einem fahrenden Auto aufwachte.

KAPITEL 9
ÜBER BRANDY

Das Fahrzeug fuhr mit hoher Geschwindigkeit auf der Autobahn. Sie saß auf dem Rücksitz. In wessen Auto saß sie? Es war kein Fahrzeug, das sie wiedererkannte.

Sie versuchte, sich aufzusetzen; ihr Kopf tat weh - als ob ein Zug durch ihn hindurchrauschte. Sie schloss kurz die Augen und lauschte, um herauszufinden, wie sie dorthin gekommen war. Das Auto selbst roch komisch, neu und alt zugleich.

PFFT.

Der Schlot verströmte einen Geruch, der ihr den Magen verdarb, und sie musste sich übergeben.

"Hey, pass auf die Innenausstattung auf", sagte eine männliche Stimme. "Das ist Leder, echtes Leder." Sein Telefon klingelte und er sprach über ein Mikrofon im Visier hinein. "Ja, wir sind gleich da", sagte er. Er trennte die Verbindung und drehte das Radio auf.

Ihre Hände waren gefesselt, nicht hinter ihr, wie sie es im Film gesehen hatte, sondern vor ihr, direkt über dem Sicherheitsgurt. "Ich will nach Hause!"

"Bald", antwortete die männliche Stimme über dem Refrain einer Drake-Melodie.

Nachdem sie etwa dreißig Minuten gefahren war, hielt er an einer Tankstelle. Er schloss sie ein, schlug die Tür hinter sich zu und ließ sie wortlos zurück.

Sie schaute aus dem Fenster und versuchte, sich nicht erneut zu übergeben. Ihr Entführer oder Kidnapper, was immer er war, war hineingegangen. Sie hoffte, dass er kein Kidnapper war, der Lösegeld verlangen wollte. Ihre Eltern hatten kein Geld, um für ihre Rückkehr zu bezahlen. Sie konzentrierte sich auf den Moment und bemerkte, dass die Türen keine Griffe hatten und die Knöpfe zum Öffnen des Fensters nicht funktionierten.

Auf der anderen Seite des Wagens, wo sie tankte, sah sie einen Mann.

"HILFE!", schrie sie und gab alles, was sie hatte. Sie wusste, dass dies vielleicht ihre einzige Chance war.

Als er nicht reagierte, hämmerte sie mit ihren Fesseln gegen die geschlossenen Fenster. Es war schwierig, hier in diesem Fischglas von Auto irgendwelche Geräusche zu machen. Als sie einen Blick zurückwarf, kehrte ihr Entführer zum Auto zurück und trug eine Dose Limonade und zwei Schokoriegel bei sich. Als er sich hinter das Steuer setzte, warf er ihr einen Schokoriegel über die Schulter zu. Sie konnte ihn nicht fangen, sie hasste diese Sorte, ganz zu schweigen davon, dass sie sich gerade übergeben hatte.

"Ich habe Durst", sagte sie.

"Was wollen Sie?", fragte er, ging hinein und kam fast sofort mit einer Flasche Wasser wieder heraus.

Er löste den Verschluss und gab ihn ihr in die Hände. Obwohl sie gefesselt waren, gelang es ihr nach ein paar Versuchen, etwas Wasser in den Mund zu bekommen. Die Vorderseite ihres T-Shirts triefte vor Wasser. Es machte ihr nichts aus, es wusch etwas von dem Geruch des Barfens weg.

"Danke", sagte sie.

Wenige Augenblicke später befanden sie sich wieder auf der Autobahn. Er beschleunigte, wechselte auf die Überholspur und ihr Sicherheitsgurt löste sich. Sie taumelte auf dem Rücksitz des Wagens herum, wie ein einzelner Würfel, der ohne Richtung rollt.

"Hören Sie auf, Sie Verrückte", sagte der Mann, als sie versuchte, den Sicherheitsgurt mit gefesselten Händen wieder anzulegen.

Die Reifen, als der Fahrer rücksichtslos die Spur wechselte. Andere Fahrer bremsten, um ihm auszuweichen. Dann fuhr er auf die Ausfahrt zu. Er trat auf die Bremse und hielt an. Er stieg aus dem Vordersitz aus und öffnete die Hintertür.

Sie war mit den Füßen auf ihn gerichtet und schlug ihn mit einem beidfüßigen Tritt mit aller Kraft. Er fiel zu Boden, und sie war aus dem Auto heraus und rannte wild umher, als sie von einem Auto angefahren wurde, dann von einem anderen, dann von einem weiteren.

Er stieg wieder ins Auto und raste davon.
"Dummes Mädchen!", rief er aus.

KAPITEL 10
BRANDY ERINNERT SICH

"Es ist wieder passiert, nicht wahr?", fragte ihre Mutter, als sie Brandy aus dem Einkaufswagen half. "Was ist dieses Mal passiert?"

"Tut mir leid, Mama", sagte der Teenager und bückte sich, um ihren Schuh zu binden. Ihre Hände fühlten sich so gut an, jetzt, wo sie nicht mehr gefesselt waren.

Ihre Mutter beugte sich hinunter und flüsterte: "War es dasselbe wie die anderen Male? Wurdest du ohnmächtig?"

Sie stand auf und schaute zur Tür.

"Sag es mir", sagte ihre Mutter und schob ihre Tochter vor sich her, so dass sie nahe beieinander waren und niemand sonst sie hören konnte. Außerdem war niemand sonst in ihrem Gang.

"Ich war in der Schule, beim Vorsingen. Ein Junge spielte ein Solo am Schlagzeug und sang. Er war wirklich ausgezeichnet."

"Und ich nehme an, du bist auch verträumt?", fragte ihre Mutter.

Sie spürte, wie ihre Wangen heiß wurden. "Mein Herz schlug schneller, meine Handflächen schwitzten und ich fühlte mich komisch. Das nächste, was ich wusste, war, dass ich auf dem Rücksitz eines fahrenden Autos gefesselt war!"

"Gefesselt? In einem Auto? Wessen Auto? Wer ist gefahren? Wo wollten Sie hin?"

"Ich habe weder das Auto noch den Fahrer erkannt. Er sprach mit jemandem und benutzte eines dieser Freisprechmikrofone. Er war ein guter Fahrer, bis er auf die Autobahn kam. Dann fuhr er wie ein Verrückter, und ich tat so, als ob sich der Sicherheitsgurt gelöst hätte. Als er von der Straße abkam und anhielt, habe ich ihm einen Tritt verpasst, so dass er umkippte und ich mich aus dem Staub machte."

"Zum Glück bist du entkommen. Hat jemand angehalten, um Ihnen zu helfen? Ich hoffe, du hast ihre Nummer, damit ich anrufen und mich bedanken kann."

Brandy sprach nicht, denn sie erinnerte sich an die Autos, eins, zwei, drei, wie sie sie überfuhren, und sie starb. Und wieder. Und landete wieder mit ihrer Mutter im Lebensmittelladen.

"Sprich mit mir", sagte Brandys Mutter.

"Ich bin gestorben - wieder", sagte Brandy, "und hier gelandet. Schon wieder."

Sie setzte sich auf den Boden, oder besser gesagt, ihre Knie wurden schwach und sie ließ sich auf die Knie fallen. Ihre Mutter folgte ihr wie ein Dominostein.

Sie saßen zusammen und hielten sich an den Händen, ohne zu sprechen.

KAPITEL 11
BRANDY DANN

"Beeil dich, Brandy", hatte ihre Mutter beim letzten Mal gesagt. Das letzte Mal, als ihre einzige Tochter gestorben - und wieder auferstanden war.

Wenn die meisten Eltern mit ihren Kindern im Schlepptau in den Lebensmittelladen gehen mussten, konnten sie gar nicht schnell genug wieder wegkommen.

Brandy gehörte nicht zu diesen Kindern. Sie bevorzugte Geschäfte gegenüber Parks, Sport - fast jede Aktivität. Mit ihr einkaufen zu gehen, war die einzige Möglichkeit, sie aus dem Haus zu bekommen.

Es war nicht allein Brandys Schuld. Sie war mit einem seltenen Herzfehler geboren worden. Man sagte ihr, dass sie daraus herauswachsen würde. Mit den anderen Kindern zu rennen und zu spielen war also keine Option für sie.

Deshalb liebte sie das Einkaufszentrum, aber am meisten liebte sie den Lebensmittelladen. Und in den

Lebensmittelgängen war es immer ziemlich ruhig. Bis auf das eine Mal, als sie kostenlose DVDs verteilten. Brandy war so aufgeregt, dass sie keine Luft mehr bekam, und man musste sie ins Krankenhaus bringen.

Sie war damals drei Jahre alt gewesen.

KAPITEL 12
BRANDY JETZT

Jetzt, da ihre Tochter vierzehn war, schien das immer seltener zu passieren. Dennoch fragte sie sich, was passieren würde, wenn sie zu groß wäre, um in den Einkaufswagen zu passen.

"Warum hier, meinst du?" fragte Brandys Mutter, "Warum immer nur du und ich und hier?"

"Ich weiß es nicht, Mama, aber eines weiß ich. Ich will einkaufen. Ich will Essen und Trinken kaufen und dann bin ich weg. Du bleibst hier, wenn du willst, ich bin gleich wieder da. Hier, spiel Solitaire auf deinem Handy. Das wird deine Nerven beruhigen und das Einkaufen meine."

Die Frau saß auf dem Boden, während die Wagen kamen und gingen, und richtete ihre ganze Aufmerksamkeit auf das Spiel Solitaire. Ihre Tochter kannte sie so gut. Dennoch versuchte sie, sich keine Gedanken darüber zu machen, wie viel - oder wie wenig - sie ihrem Mann sagen sollte. Das letzte Mal hatte sie es ihm nicht gesagt, als ihre Tochter gestorben war, oder das Mal davor oder das Mal davor. Sie hatte ihm nur erzählt, dass sie einkaufen gegangen waren und dass es stressig gewesen war.

"Ich bin bereit", hatte Brandy gesagt, damals, als sie ein kleines Mädchen war und die Arme voller Müsli und Törtchen hatte.

Dann gingen sie zur Selbstbedienungs-Kassenschlange.

"Lass mich das machen, Mama!"

Das hat Brandy auch immer gesagt. Sie liebte es, zuzusehen, wie die Kassiererin jeden Gegenstand einscannte. Und Gott helfe ihnen, wenn der Scan falsch war.

Brandy und ihre Mutter waren für heute fertig und kehrten zum Auto zurück. Brandy setzte sich vorne rein und schnallte sich an. Sie fuhren los und hielten nur kurz am Drive-Through an, um zwei Eisbecher mit heißem Karamell zu kaufen.

"Wir haben heute ein paar wirklich gute Schnäppchen gemacht", sagte Brandy damals und sagte es jetzt wieder.

"Ich weiß, dass du es liebst, aber ich würde trotzdem gerne mehr über den Vorfall von heute erfahren. Kannst du dich noch an irgendetwas erinnern, was passiert ist? Du musst doch schreckliche Angst gehabt haben, ganz allein mit einem Fremden in einem Auto zu sein? Was ich nicht verstehe, ist, wie so etwas passieren kann. War es dieses Mal anders als die anderen Male? Du sagtest, in der einen Minute warst du beim Vorsingen der Schulband und in der nächsten in einem Auto?"

"Ja, ich habe mit den anderen Schülern darauf gewartet, dass ich an die Reihe komme. Wir haben alle einem Jungen zugehört, der Schlagzeug gespielt hat. Er war unglaublich, er sang und spielte. Ich war fast ganz vorne in der Schlange, als - ZAP - ich weg war."

"Oh, ich mag den Klang dieses ZAP nicht."

"So ist es passiert, Mama. Erst haben meine Hände gejuckt, dann meine Beine, meine Arme."

"Du hast mir vorher nichts von dem Juckreiz erzählt?"

"Das kommt vor. Normalerweise beruhige ich mich. Diesmal hat nichts funktioniert und, na ja, Sie wissen schon, das Z-Wort."

"Ich muss das fragen, aber denkst du, dass das vielleicht passiert ist, weil du das Vorsprechen vermeiden wolltest? Ich meine, selbst vorzusprechen. Das ist nichts, was du unbedingt machen wolltest."

Brandy trommelte mit den Fingern auf die Türschwelle. "Ich würde nicht zu einem Fremden ins Auto springen, um einem Vorsprechen zu entgehen", sagte sie.

"Schon gut, Liebes", sagte ihre Mutter und weinte. Sie hatte das Falsche gesagt - schon wieder. Sie sagte immer das Falsche, wenn es um die... wie sollte sie es nennen? Die Reiseabenteuer ihrer Tochter.

"Ist schon gut, Mom."

Sie fuhren eine Weile schweigend weiter. Es war eine angenehme Stille.

"Ich möchte wissen, wie ich dir helfen kann", sagte Brandys Mutter. "Für das nächste Mal..."

"Ich weiß, dass du das tust, Mama, aber du bist nicht da, wenn es passiert. Ich muss selbst damit umgehen können."

"Gibt es eine Sache, die immer passiert - bevor du verschwindest?"

"Ich wünschte, ich könnte mich erinnern, Mom, aber wie beim letzten Mal weiß ich es nicht." Sie schaute aus dem Fenster und verschränkte dann die Arme.

"Nun, wenn wir zu Hause sind, kannst du üben, üben, üben. Dann bist du für dein Vorsprechen morgen noch besser vorbereitet."

"Es war ein eintägiges Vorsprechen. Also gibt es dieses Jahr keine Chance für mich. Außerdem mag Papa es nicht, wenn ich übe, besonders wenn er von zu Hause aus arbeitet. Er sagt, er bekommt davon Kopfschmerzen."

"Papa meint es nicht so", sagte sie. "Ich werde mit ihm reden. Du willst ja schließlich Klavier spielen, als Beruf, oder? Ich meine, eines Tages, wenn du deinen Abschluss hast. Und ich werde deinen Lehrer anrufen und um eine Ausnahme von der Regel bitten."

"Ich würde gerne hören, wie das Gespräch verlaufen ist!", lachte sie. "Hallo, Mr. Hopper, ich bin die Mutter von Brandy, und meine Tochter, nun ja, sie ist mit einem Fremden in ein rasendes Auto gestiegen und dann gestorben. Könnte sie also bitte morgen für Sie vorsprechen?"

"Das ist grausam", sagte ihre Mutter. "Hast du es dir anders überlegt, weil du eine Karriere in der Musik anstrebst? Die machen doch sicher ständig Ausnahmen für Studenten?"

"Vielleicht schon, aber das stört mich nicht. Dass ich es verpasst habe. Es gibt immer ein nächstes Ohr. Außerdem möchte ich gerne einkaufen, ich glaube, deshalb komme ich immer wieder in den Lebensmittelladen oder in den Kleiderladen. Erinnerst du dich an das eine Mal?"

Ihre Mutter nickte.

"Nach einem Einkäufer ein Pianist, dann ein Lehrer", sagte die Teenagerin, verschränkte die Arme und kaute an ihren Nägeln.

Ihre Mutter schaute sie an: "Lass das, Schatz. Nägel kauen ist so unhygienisch." Brandy setzte sich auf ihre Hände. "In dieser Reihenfolge?", sagte ihre Mutter und lachte.

"Vielleicht im Rückwärtsgang", quietschte Brandy, als sie in die Einfahrt fuhren. "Daddy ist noch nicht zu Hause."

Sie benutzte den automatischen Garagentoröffner, ohne ihrer Tochter zu antworten. Ja, ihr Mann war wieder spät dran. Er kam jeden Abend später und später nach Hause. Er sagte, dass die Arbeit ihn aufhielt und er Überstunden machen musste, ohne sie zu bezahlen. Sie hasste es, wenn er nie nach Hause kam, um Brandy zu sehen, bevor sie ins Bett ging. Wenigstens hatten sie eine Kleinigkeit zu essen dabei. Sie würde das Abendessen vorbereiten und sie in ihr

Zimmer bringen. Auf diese Weise könnten sie und ihr Mann gemeinsam zu Abend essen. Es würde ein schöner Abend werden, nur für sie beide.

"Nimm die Taschen", sagte sie.

"Okay, Mom", antwortete Brandy, als sie ins Haus gingen.

KAPITEL 13

AUSTRALISCHES OUTBACK

Der Junge im Outback im nördlichen Teil Australiens hatte in einer Kiste gelebt. Er war zwölf Jahre alt, als man ihn fand. Sein Körper war missgebildet, denn er saß mit gekrümmtem Rücken und hochgezogenen Knien - wie eine Kiste. Sogar als sie die Kiste aufbrachen und ihn herausließen.

Er konnte nicht sprechen, oder er wollte nicht sprechen. Bis er wieder zu vertrauen begann. Dann streckte er sich und sein Körper entspannte sich.

Er bevorzugte leise Stimmen, flüsternde Stimmen. Laute Dinge, laute Geräusche jeglicher Art machten ihm Angst. Er zitterte und zog sich in sich zusammen. Er suchte und schrie nach "Box!".

Sie hatten es dort in der Ecke aufbewahrt. Bis die Leute in Sydney sagten, er würde nie wieder gesund werden, wenn er nicht zerstört würde.

Er half ihnen dabei, mit einem Vorschlaghammer, der fast so groß war wie er selbst. Als er in winzige Teile zerbrochen war, rollten seine Augen in seinem Kopf zurück und er war weg. Verschwunden. Irgendwo in seinen Gedanken. Unerreichbar.

Keiner wusste, wer er war. Oder zu wem er gehörte. Was sind das für Eltern, die ihr Kind in eine Kiste sperren, wie ein Tier?

Trotzdem hatte er nicht gehungert. Jedenfalls nicht nach Nahrung. Und er war nicht dehydriert.

Das bedeutete, dass jemand in der Nähe war. Sie, die Ranger, die Beamten warteten darauf, dass sie zurückkamen - aber das taten sie nicht. Sie müssen also gewusst haben, dass die Kiste in der Kiste weg war.

Ein Team von Psychologen hatte Kameras im Haus installiert, um den Jungen von Sydney aus beobachten zu können.

Andere, aus der ganzen Welt, wollten an der Beobachtung des Jungen "teilhaben". Einige schrieben Dissertationen über Kindesmissbrauch, über Vernachlässigung. Sie kämpften sich an die Spitze der Liste.

Der Junge schaukelte hin und her, ohne ein Wort zu sagen. "Box!" war seine einzige Anstrengung gewesen. Aber er wusste, was vor sich ging. Er hörte sie flüstern. Millionäre, die ihn adoptieren wollten. Er würde nirgendwo hingehen. Er blieb, wo er war. Dies war sein Zuhause.

Der Junge, der noch nie in einem Bett geschlafen hatte - oder wenn, dann erinnerte er sich nicht daran -, wollte jetzt nicht in einem Bett schlafen. Stattdessen rollte er sich zu einem Ball zusammen und schlief in der Ecke auf dem Boden. Das Kissen und die Decke, die sie ihm gelassen hatten, konnte er gut gebrauchen. Diese Luxusgüter blieben unangetastet.

Während sie entschieden, was mit ihm geschehen sollte, wurde eine Schwester ernannt. In Australien werden die Schwestern auch Krankenschwestern genannt. In manchen Fällen ist eine Schwester auch eine Nonne. Eine Schwester, die Krankenschwester ist, kann auch ein Bruder sein. Wenn besagte Schwester/Krankenschwester männlich war.

Die Schwester/Krankenschwester des Jungen war eine freundliche Dame, die ihr Haar immer zu einem Dutt hochgesteckt trug. Sie trug eine weiße Uniform mit passenden Schuhen, die bei jedem Schritt quietschten.

Als sie das erste Mal versuchte, eine Decke über ihn zu werfen, schrie er, als wäre er von einer bösen Wolke angegriffen worden.

"Na, na", sagte die Schwester. Sie zitterte, dann hob sie die Decke an. Sie warf sie sich um die Schultern, und der Junge keuchte auf.

"Es ist weich", sagte sie.

Sie kuschelte sich an ihn. Riechte daran.

"Es ist sehr weich und warm", gurrte sie.

Der Junge streckte die Hand aus und berührte den Rand der Decke. Er streichelte sie, als wäre sie noch auf dem Schaf, von dem sie stammte.

"Möchten Sie es haben?" fragte die Schwester.

Er lehnte zwei Tage lang ab, dann erlaubte er ihr, es ihm um die Schultern zu legen. Danach schlief er mit ihr, als wäre sie ein lebendiges Wesen. Er wiegte es wie ein Baby und flüsterte ihm etwas zu. Am Ende tröstete er sich damit und ließ nicht zu, dass die Schwester es mitnahm oder wusch.

Am vierten Morgen, an dem der Junge in Freiheit war, versammelten sich die Tiere auf dem Rasen des Grundstücks. Zuerst kam ein weibliches Känguru. Es hüpfte bis zum unteren Ende der Verandastufen, setzte sich dann auf seine Hüften und beobachtete die Tür. Als nächstes kam ein Emu und tat dasselbe. Dann kamen eine Elster, ein Kakadu und ein Galah. Die Vögel sangen abwechselnd, und ihre Stimmen schienen den Jungen aus der Tür zu locken. Vorher war er nicht geneigt gewesen, die Tür zu öffnen oder hinauszugehen. Doch als er die Tiere und Vögel sah, ging er ohne zu zögern hinaus, um ihnen entgegenzugehen.

Die Schwester beobachtete ihn von hinter der Fliegengittertür aus. Sie mochte weder Hunde noch Katzen oder Vögel - sie machten ihr sogar Angst -, aber diese wilden Tiere machten ihr Angst. Wenn nötig, würde sie sich hinauswagen. Sie hoffte, dass sie bald jemanden schicken würden, um ihr zu helfen.

Der Junge stand auf der Veranda und atmete die Luft ein. Er öffnete seine Arme weit, weiter, dann füllte er seine Lungen mit Außenluft. Er atmete sie ein, gierig.

Die Schwester, die sich wünschte, er wäre ihr eigener Sohn, beobachtete, wie sich sein Brustkorb in seinem kleinen Körper ausdehnte.

Dann geschah es.

Der Junge begann sich zu erheben, als wäre er ein Luftballon, der sich in die Lüfte erhebt, nur dass er kein Ballon war und auch nicht an einer Schnur hing - er war ein kleiner Junge.

Die Schwester rannte hinaus. Sie liebte ihn - und er war dabei zu entkommen. Hinter ihr krachte die Fliegengittertür.

"WARTEN!", rief sie und griff mit ihren Fingern nach ihm.

Als der Junge wegrutschte. Seine kleinen Füße erhoben sich. Sie trugen ihn hinaus, weiter. Wie die drei Vögel ihn trugen, immer weiter und weiter.

Sie griff zu, aber er war schon zu weit weg. Und so sah sie zu, wie eine Kängurumutter ihre Augen hob.

Und der Junge ließ sich auf die Schultern der Mutter fallen. Sie saß hoch oben, mit seinen Armen um den Hals des Kängurus, und hüpfte los. Neben ihnen hielt ein Emu das Tempo mit.

Die Schwester, die nicht wusste, was sie sonst tun sollte, rannte ins Haus, um ihre Autoschlüssel zu holen. Sie startete den Motor und folgte dem Jungen, bis sie ihn nicht mehr sehen konnte.

Der Junge, der einst in einer Kiste gelebt hatte, war aus der Welt der Menschen geholt worden. Er war in die Welt gegangen, in der die Tiere für die ihren sorgten. Und dieses Kind war eines der ihren. Er gehörte zur Familie.

Und der Junge sang Lieder, mit den Stimmen, die er tief in seinem Inneren kannte. Und er lachte laut und war glücklich, als er an den Ort in seinem Herzen getragen wurde. An den Ort, wo er war, was er immer sein sollte.

KAPITEL 14
EINSAMER JUNG

Im verbotenen Wald von Japan ertönte der Schrei eines Kindes. Die Vögel versammelten sich und stimmten in den Gesang ein, um die Bitte des einsamen Jungen um Hilfe zu verstärken. Eine Zwergohreule erschien und verscheuchte die anderen Vögel. Sie saß in der Nähe, wachend und wartend.

Ein Autoalarm ertönte. Ihr Heulen übertönte die Schreie des Kindes. Es saß in einem Kindersitz. Einem, der früher auf dem Rücksitz eines Autos stand.

"Klick, klick", und die Alarmanlage des Autos verstummte, lange genug, dass die Fahrerin die leisen Schreie des Kindes hören konnte. Sie und ihr Mann eilten in den Wald, wo sie das Kind fanden, das verängstigt und ganz allein war. Gemeinsam trösten sie es.

Mehrere Seidenschwänze blieben und beobachteten. Sie bewerteten die Situation. Sie raschelten mit ihren Federn und zwitscherten. Als ob sie live von der Rettung des Kindes berichten würden.

Die Frau schnallte das Kind los. Sie hielt es fest und stellte ihm Fragen, für die es noch zu klein war. Fragen wie: "Wo ist dein Haha, Ko? Wo ist dein Otosan?" (Übersetzt: Wo ist deine Mutter, Kind? Wo ist dein Vater?"

Ihr Mann suchte die Gegend ab. Er rief nach draußen. Als niemand antwortete, suchte er nach Spuren. Fußabdrücke von Erwachsenen. Es wurden keine gefunden.

"Keine Schritte", sagte er und schüttelte ungläubig den Kopf. Für ihn war der Wald nicht sein Lieblingsort. Er bevorzugte Städte und Lärm. Er war es, der versehentlich die Alarmanlage des Autos ausgelöst hatte. Er hoffte, seine Frau würde gehen wollen. Er hatte ihr ein Mittagessen in ihrem Lieblingsrestaurant versprochen. Da hatte sie das Kind gehört und war in den Wald gerannt.

Er war seiner Frau gefolgt, zu ihrer Sicherheit. In der Stadt mieden sie Bereiche, in denen Raubtiere lauern konnten. Sie lockten ahnungslose, vertrauensvolle Menschen - wie seine Frau - in Gefahr.

Der Wald, dieser besondere Wald, war lebendig mit Geräuschen. Lebendig, mit Licht. Und das Kind, sie konnten das Kind nicht verlassen.

"Lass uns gehen", sagte er. "Wir bringen ihn ins Krankenhaus, um sicherzugehen, dass es ihm gut geht, und sie können bei der Polizei nachfragen, wem er gehört."

Sie hielt das Kind dicht an ihrer Brust und fuhr mit der Hand über ihren Rücken, wie eine Mutter es mit ihrem eigenen Kind tun würde. In ihrer Vorstellung war er genau das, ihr Kind. Das Kind, das sie nie hatte haben können, hatte nach ihr gerufen und sie war in den verbotenen Wald gekommen und hatte ihn geholt.

"Er gehört mir", sagte sie erst trotzig, dann leiser, "ich meine, uns. Unser Baby. Der Sohn, den du dir immer gewünscht hast."

Ihr Mann sah den Jungen an. Er brauchte sie. Und er war zu klein, zu jung, um sich an irgendetwas zu erinnern. Er vertraute ihnen bereits. Keiner würde es erfahren, dachte er. Und doch, war es richtig, dieses Kind als ihr eigenes zu nehmen?

"Niemand würde es erfahren", sagte seine Frau, als hätte sie seine Gedanken gelesen.

Das geschah oft, nach zwölf gemeinsamen Jahren. Sie dachten ähnliche Dinge. Sie sprachen zur gleichen Zeit. Sie beendeten die Sätze des anderen.

Sie waren ein liebevolles und stabiles Paar. Gemeinsam hatten sie so viel, was sie einem Kind geben konnten. Doch das Schicksal hatte ihnen kein eigenes Kind geschenkt.

Sie übergab das Kind ihrem Mann und wartete.

Die Vögel oben konnten sehen, wie ihre Arme zitterten. Sie sangen ihr zu und ermutigten sie, das Kind zu nehmen. Sie halfen ihm zu entscheiden, dass das Kind nun ihnen gehörte.

Sie hat ihn bereits in ihrem Herzen und in ihrer Seele beansprucht. Ihr Mann hatte das auch, aber er war hin- und hergerissen zwischen dem Egoismus. Er wollte das Richtige tun, nicht das Egoistische.

"Möchtest du bei uns wohnen?", fragte er das Kind.

Obwohl er nicht antwortete, machten sich die drei auf den Weg zurück zum Parkplatz. Sie setzten den Jungen in die Mitte des Rücksitzes, weg von den Airbags.

Die Vögel und die Eule nickten, dann flogen sie in den Wald.

KAPITEL 15
EINE FRAU

Eine alte Frau schaukelt in ihrem Stuhl hin und her, hin und her. Ihre Erinnerungen sind flüchtig, wie Wolken. Oft unerreichbar.

Die Verwirrung hält Einzug. Bald wird sie alles in ihrem Kopf durch das Nichts ersetzen.

Die Demenz wählt ihre Opfer nicht nach den Wünschen oder Bedürfnissen der Kranken aus. Ihr Ziel ist es, zu verwirren. Zu entfremden. Auszulöschen.

Sie hatte sich damit abgefunden, bis eines Tages alles aus den Fugen geriet.

So nannte sie es jetzt, topsy-turvy. Oder kurz T/T. Die andere Sache war schlimm gewesen und wurde immer schlimmer. Aber topsy-turvy bedeutete, dass sie nicht verrückt war, und mehr als das, es bedeutete, dass sie nicht allein war - nicht mehr.

In ihrem Kopf sah sie alles. Manchmal geschah es in Zeitlupe, als hätte sie einen Knopf auf der Fernbedienung gedrückt. Manchmal spielten sich Szenen wieder und wieder ab, rückwärts, vorwärts, in einer Schleife. Ein anderes Mal war sie mitten im Geschehen und beobachtete es aus erster Hand wie eine Reporterin.

Als es das erste Mal passierte, hatte sie Angst, verletzt oder getötet zu werden. Sie hatte einige haarsträubende Dinge miterlebt. Aber als sie merkte, dass die Menschen um sie herum sie weder sehen noch hören konnten, konnte sie sich entspannen. Bis auf die Erzengel wussten sie, dass sie da war, aber sie ließen ihre Anwesenheit nicht zu.

Wie damals, als ihre Gedanken in die Niederlande flogen. Sie hatte es sich gemütlich gemacht und das kleine Mädchen beobachtet. Sie hatte geschrien, als das Kind sein Augenlicht verlor. Sie fühlte sich hilflos, da sie nichts tun konnte, außer zuzusehen. Auch das änderte sich mit der Zeit.

Dann wurden Lia und E-Z Freunde, und Alfred, der Schwan, kam dazu. Sie beobachtete sie, hörte ihnen zu. Sie fühlte sich wie ein ungesehenes, ungehörtes Mitglied ihres Teams. Sie beobachtete, wie sie zusammenarbeiteten und zu festen Freunden wurden.

Plötzlich sprach sie in ihren Gedanken zu Lia, und das kleine Mädchen antwortete. Für Rosalie eröffnete sich eine ganz neue Welt.

Zunächst unterhielten sie sich nur wenig. Trotz des großen Altersunterschieds hatten die beiden einige Gemeinsamkeiten. Zum Beispiel ihre Liebe zum Ballett.

Seit die Erzengel die Regeln geändert hatten, behielt Rosalie die Drei noch mehr im Auge. Doch dieser Austausch reichte nicht aus, um ihren Geist herauszufordern und zu beschäftigen.

Damals entdeckte Rosalie die Anderen. Kinder mit einzigartigen Fähigkeiten in anderen Teilen der Welt - und sie konnte mit ihnen sprechen.

Zuerst war da Brandy, ein Teenager, der in den USA lebte. Dann gab es eine Mitteilung von Lachie, auch bekannt als The Boy in the Box. Der dritte, aber nicht letzte, war Haruto, der in Japan lebte. Haruto war der Jüngste von allen. Alle drei Kinder hatten Fähigkeiten. Und sie war das einsame Verbindungsglied.

Im Moment hielt Lia ihre Verbindung zu Alfred und E-Z aufrecht, aber bald würde sie ihnen alles über die anderen erzählen müssen.

Rosalie zitterte, als die Bediensteten ihr Essen brachten. Rote Grütze. Ihr Lieblingsessen. Sie aß das erste, nachdem sie etwas Sahne darüber gegossen hatte. Sahne, die eigentlich in ihren Kaffee gehören würde.

In ihrem Kopf bedankte sie sich bei dem Mädchen, das das Essen brachte, denn Rosalie konnte nicht sprechen. Sie war unfähig zu sprechen. Sie konnte sich nur in ihrem Kopf verständigen...

Die Drei zu sich in die Seniorenresidenz zu rufen, schien nicht das Richtige zu sein. Fürs Erste würde sie Lia ihr Geheimnis bewahren lassen, und sie würde sich Notizen über Brandy, Lachie und Haruto machen und sie in ein Buch schreiben.

Sie würde es vor den Erzengeln verstecken müssen. Sie würde eine Geheimakte führen. Sie wollte die Kinder nicht aus den Augen verlieren, egal was passiert.

"OH!", rief sie aus und griff in die oberste Schublade des Nachttisches neben ihrem Bett. Sie erinnerte sich an ein Geschenk. Ein Notizbuch, auf dessen Vorderseite stand: "Happy Birthday!"

Sie kritzelte auf den ersten Seiten herum. Sie machte keine richtigen Worte, und als sie auf der dreizehnten Seite ankam. Dreizehn war für sie immer eine Glückszahl gewesen, und sie begann, über Brandy, Haruto und Lachie zu schreiben. Es gab so viel zu schreiben. Als ihre Hand schmerzte, hielt sie inne, dehnte sie eine Weile und schrieb dann weiter.

Rosalie fragte sich, ob es außer diesen drei neuen Kindern noch andere gab. Wenn sie noch eine Weile wartete, würden sie vielleicht auch mit ihr sprechen. Es wäre besser, ihr Geheimnis zu verraten, wenn alle Kinder sich offenbart hätten.

Rosalie achtete darauf, dass sie nicht "Geheim" oder "Privat" auf die Außenseite des Buches schrieb. Und sie war froh, dass dem Buch kein Schlüssel beilag. Diese drei Dinge würden jeden, der das Notizbuch sah, dazu bringen, es lesen zu wollen. Sie würden neugierig werden, wie eine Katze. Es gab viele Leute in ihrem Alter, die neugierig waren. Aber sie würden nicht lesen wollen, nachdem sie die ersten dreizehn unordentlichen Seiten gesehen hatten.

Sie blätterte bis zum Ende des Buches. Rosalie füllte die letzten dreizehn Seiten mit einer noch unordentlicheren Handschrift. Dann legte sie das Buch und die Stifte zurück in die Schublade und schloss sie.

Sie lächelte, lehnte sich auf dem Kissen zurück und stützte ihren Arm ab, um über das Abendessen nachzudenken. Vor allem an das Dessert.

KAPITEL 16

Wo werden Sie stehen?

Es gibt eine Welt, in der wir leben, eine Welt, in der es sowohl gute als auch schlechte Menschen gibt. Eine Welt, die von menschlichen Wesen beherrscht wird, die fehlerhaft und unvollkommen sind. Menschen, die keine Roboter sind... Nicht darauf programmiert, gut oder böse zu sein.

Wir lernen unser Leben, von dem, was wir sehen, was wir bemerken, was uns beigebracht wird und was wir werden.

Wir lernen von den Grundlagen, die für uns geschaffen wurden. Wenn wir wachsen und unsere Horizonte erweitern, müssen wir Entscheidungen treffen.

Es liegt an uns, das erlernte Wissen anzuwenden. Wir müssen zwischen richtig und falsch wählen.

Im Laufe der Jahrhunderte sind große Menschen getäuscht worden. Große und mächtige Menschen. Sogar Erwachsene.

Manchmal ist die Entscheidung einfach. Ohne Grauzonen. Manchmal gibt es Kräfte, die sich unserer Kontrolle entziehen und uns leiten. Andere drängen uns, ihrem ethischen Kodex zu folgen. Manchmal gibt es unerwartete Elemente.

Angenommen, wir befinden uns auf einem Weg und jemand stellt eine Straßensperre auf. Wir können sie abbauen oder stehen bleiben und warten, bis die Person sie entfernt. Wir können wählen.

Im Leben geht es um Entscheidungen. Die Entscheidungen, die wir treffen, können uns für das Leben rüsten. Wir folgen dieser Straße mit den Steinen, die durch unsere guten Entscheidungen gelegt wurden.

Oder wir können uns in die Irre führen lassen. Täuschen. Ausgetrickst, damit wir gegen das verstoßen, was wir für wahr halten.

Wenn das passiert, kann alles umfallen - wie Dominosteine.

Und unser Handeln - oder Nichthandeln - wird Konsequenzen haben. Nicht nur für uns selbst. Was wir tun, hat Auswirkungen auf andere.

Und am Ende, nachdem wir gestorben sind, werden wir alle von unseren Seelenfängern aufgefangen und in den Armen gehalten.

Die Furien - drei böse Göttinnen - übernehmen die Kontrolle über die Seelenfänger.

Die Seelenfänger werden entführt.

Die Seelen fliegen umher, ohne ein Zuhause zu haben.

Heimatlose Seelen.
Das Chaos ist vorprogrammiert.
Wo werden Sie stehen?

KAPITEL 17

ROSALIE IM WEISSEN ZIMMER

Rosalie öffnete ihre Augen. Es war Essenszeit und sie hatte um ein Frühstückstablett gebeten. Ihr Zimmer lag auf dem Weg zum Speisesaal. Wenn sie das Essen dorthin trugen, roch sie den Speck. Das würde ihr das Wasser im Mund zusammenlaufen lassen. Und der Kaffee. Sie wartete, bis sie an der Reihe war. Sie hatte keine andere Wahl als zu warten, bis sie an der Reihe war.

Sie wusste, dass sie es vorzogen, die Bewohner im Speisesaal zu verpflegen. Sie verstand die Notwendigkeit, sich an einen Zeitplan zu halten. Dennoch wusste sie, dass sie irgendwann zu ihr kommen würden. In dem Altenheim, in dem sie lebte, war das immer so.

Sie beobachtete einen Kardinal in einem Baum vor ihrem Fenster und überlegte, ob sie aus dem Bett steigen sollte, um ihn näher zu betrachten. Aber als sie die Decke zurückwarf und auf den Teppich trat, fühlte sie sich komisch. Unscharf.

Und landete im Weißen Zimmer.

Seit E-Z dort war, hatte sich nichts verändert. Und es dauerte nicht lange, bis Rosalie sich zurechtfand und mit der Erkundung begann.

Als sie mit den Fingern über die Bücherregale fuhr, hatte sie ein Déjà-vu-Gefühl. War sie schon einmal in diesem Raum gewesen?

Sie ging in die Mitte des Raumes und drehte sich um. Die Bücherregale gingen weiter und weiter. So weit das Auge reichte. Die Höhe der Regale machte sie schwindlig und sie sehnte sich danach, sich hinzusetzen und zu verschnaufen.

BINGO

Ein bequemer Stuhl erschien und sie ließ sich hineinfallen. Sie lehnte sich zurück, und als sie merkte, dass er Räder hatte und sich drehen konnte, drehte sie ihn. Und drehte ihn. Dann schloss sie die Augen und ruhte sich aus. Sie war froh, dass sie noch nicht gefrühstückt hatte, denn ihr Magen war ein wenig mulmig, als sich über ihr etwas bewegte.

Oder hatte sie sich das nur eingebildet.

"Du da!", rief sie und deutete auf nichts und niemanden. "Ich habe gesehen, wie du dich bewegt hast, du, du kleiner ... was auch immer du bist, komm raus, komm raus", lockte sie.

Sie beschloss, dass sie es sich nur eingebildet hatte, und ging zurück, um ihre Umgebung zu erkunden. Und fragte sich, wie sie an diesen Ort gekommen war.

"Bin ich wieder in meinem Zimmer und stelle mir vor, ich wäre an diesem Ort?" Sie grub ihre Fingernägel in die Armlehnen des Stuhls. Sie beobachtete, wie sie Spuren in die Lederoberfläche kratzten. Es waren leichte Kratzer, leicht genug, um sie mit ein wenig Reiben zu entfernen. Immerhin war sie ein Gast, und Gäste sollten sich immer um den Ort kümmern, den sie besuchen. Sonst würde man sie nicht wieder einladen.

Über ihr bewegte sich wieder etwas. Diesmal wurde es vom Geräusch eines Flügelschlages begleitet. War da oben ein Vogel gefangen, der nicht mehr herauskam?

"Ich komme, Kleines", sagte sie, stand auf und ging auf die Leiter zu.

Das hölzerne Gebilde, das ihre Gedanken lesen konnte, rollte über den Boden und blieb vor ihren Füßen stehen.

"Steig auf!", sagte es.

Rosalie tat es, und erst als es sich selbst bewegte, merkte sie, dass das Ding zu ihr gesprochen hatte.

"Äh, danke", sagte sie, als der Wagen zum Stehen kam.

"Gern geschehen", sagte die Leiterin. "Suchen Sie ein bestimmtes Buch?"

Rosalie lachte. "Ich dachte, ich hätte einen Vogel gehört. Pssst."

Die Leiterin lachte. "Hier drin gibt es keine Vögel, Madam. Die Geräusche, die Sie hören, kommen von den Büchern."

"Bücher mit Flügeln?" "Ja", antwortete der Leiter. Dann: "Du da! Komm her!"

Rosalie beobachtete, wie sich ein dickes schwarzes Buch an den Rand des Regals schob. Dann sprossen Flügel aus seiner Vorder- und Rückseite. Es flog herunter und landete in Rosalies Händen.

"Oh je!", sagte sie und schaute auf den Buchrücken. "Ich glaube, das habe ich schon gelesen."

DWOING.

Das Buch riss ihr aus den Händen und kehrte an seinen ursprünglichen Platz im Regal zurück.

"Es tut mir leid", sagte Rosalie. Dann zu der Leiter: "Ich hoffe, ich habe Mr. Dickens nicht beleidigt."

"Wenn Sie jetzt mit mir fertig sind", sagte der Leiter, "darf ich vorschlagen, dass Sie abspringen?"

"Es tut mir leid, dass ich Ihre Zeit verschwendet habe", sagte sie.

"Das haben Sie nicht. Ich freue mich, dass ich Ihnen helfen kann."

Rosalie stieg ab und die Leiter fuhr auf die andere Seite des Raumes.

Rosalie fühlte ihre Stirn, nein, sie hatte kein Fieber. Ihr Blutzuckerspiegel muss zu tief gefallen sein. Und jetzt würde sie nichts mehr essen können, schon seit Stunden nicht. Und diese Diebin Agnes Lindsay würde ihr das Frühstück stehlen. Sie würde sich in ihr Zimmer schleichen und jeden Bissen aufessen. Wenn die Pfleger das Tablett abholten, würden sie denken, Rosalie hätte es gegessen. Rosalie und Agnes waren eingeschworene Feinde.

Um sich von ihrem knurrenden Magen abzulenken, beschäftigte sich Rosalie mit Büchern. Vor allem auf ein Buch. Ein Buch, das sie als kleines Mädchen immer und immer wieder gerne gelesen hatte. Es hieß Anne von Green Gables von, von... Sie konnte sich nicht an den Namen des Autors erinnern.

"Lucy Maud Montgomery", sagte die Leiter, als sie zu ihr hinauffuhr. "Hop eins", sagte sie.

"Ah, danke für das Angebot, aber ich bin zu hungrig und vielleicht auch zu schwindlig, um auf dich zu steigen."

"Setz dich", sagte die Leiter, "da drüben." Da pfiff die Leiter, und hoch oben im Regal schob sich ein Buch vorwärts. Es bekam Flügel an Vorder- und Rückseite und flog in Rosalies Hände. Sie drückte es an ihre Brust.

"Danke", sagte sie.

"Ist das alles?", erkundigte sich die Leiterin.

"Ja, es sei denn, Sie haben irgendwo in diesem Raum eine zusätzliche Lesebrille versteckt."

BINGO.

Ihre Brille erschien und saß ganz gerade auf ihrer Nase.

Die Leiter kehrte in ihre ursprüngliche Position zurück.

Rosalies Knöchel schmerzen.

BINGO.

Ein Stand knackte unter ihren Füßen.

Sie öffnete das Buch. Darin befand sich eine Skizze der Namensgeberin des Buches, Anne Shirley.

Sie fuhr mit dem Finger die Konturen des kleinen Waisenmädchens mit dem roten Haar nach.

Anne zwinkerte Rosalie zu. Die blinzelte und lächelte dann zurück. Sie hatte schon von interaktiven Büchern gehört, aber das hier war das Allerbeste!

Mit zitternden Händen entfaltete sie die Landkarte Kanadas, ihre Augen folgten den Pfeilen, die nach Prince Edward Island führten. In Gedanken ging sie die Strecke ab - und kam in Green Gables an. Draußen vor dem Haus standen die Cuthberts. Sie warteten auf Anne.

Sie blätterte die Seite um und begann zu lesen. Dabei lachte sie über jede missliche Lage, in die Anne sich brachte.

Dann knurrte Rosalies Magen, und sie wünschte sich etwas ganz und gar nicht Frühstücksmäßiges. Einen Wackelpudding-Salat. Etwas, das ihre Mutter zu besonderen Anlässen für sie gemacht hatte, als sie noch ein kleines Mädchen war. Am liebsten mochte sie die Schlagsahne obendrauf.

BINGO.

Vor ihr stand ein Wackelpudding-Regenbogensalat mit einem Klecks Schlagsahne oben drauf. Sie dachte, Löffel und

BINGO.

Eine erschien. Aber dann erinnerte sie sich daran, wie ihre Mutter und ihr Vater mit ihr schimpften, wenn sie ihren Nachtisch zuerst aß. Sie dachte an Kartoffelpüree. Dampfend heiß mit schmelzender

Butter oben drauf. Oh, und Hackbraten mit Ketchup. Und Erbsen, frisch aus dem Garten gepflückt.

BINGO.

Vor ihr stand eine riesige Schüssel mit Kartoffelpüree. Die Butter war an den Seiten geschmolzen. Es war ein Kunstwerk. Es sah fast zu gut aus, um es zu essen.

Daneben lag ein Stück Hackbraten mit einem Klecks Ketchup auf der Oberseite.

Und in einer separaten Schüssel die Erbsen. Mit einem Zweig Minze obendrauf.

Sie lächelte. Als kleines Mädchen mochte sie es nicht, wenn man ihr Essen anfasste. In diesem Raum wusste der Koch, was sie mochte.

Aber der Koch hatte vergessen, ihr Essbesteck mitzugeben. Sie stellte sich ein Messer und eine Gabel vor.

BINGO.

Die kamen auch an. Sie aß sie gierig. Pass auf, dass du Anne of Green Gables nicht beschädigst. Das Buch, das ein Bedürfnis nach Schutz verspürte, flog hoch und schwebte in der Luft, wo Rosalie es leicht erreichen konnte.

Rosalie aß alles, auch den Wackelsalat, der auf dem Löffel wackelte.

Als sie fertig war

BINGO

Das Geschirr, das Besteck usw. ist verschwunden.

Nach einigen Augenblicken der Dankbarkeit für das Essen, das sie bekommen hatte, blickte sie zu dem Buch auf.

Er flog zu ihr, und sie las weiter.

Lesen und warten.

Worauf oder auf wen sie wartete, wusste sie nicht.

KAPITEL 18
CHARLES DICKENS

In der Stadt London, England, fiel ein Metallbehälter vom Himmel.

Der Behälter selbst war weder lang noch siloartig. Tatsächlich ähnelte er am ehesten einer Kapsel. Der Unterschied war, dass dieser Gegenstand eine quadratische Form hatte und keine Fenster besaß. Anstelle von Fenstern war er auf allen Seiten verspiegelt. Da es flach war, schlitterte es beim Aufprall auf das Wasser mit enormer Wucht über das Wasser. Sie landete am Ufer der Themse.

Zwei Detektive mit den Namen John und Paul beobachteten das Geschehen. Beide Männer waren in ihren Dreißigern. Sie verdienten ihren Lebensunterhalt mit den Gewinnen aus der Detektion. Daher galten sie als professionelle Detektierer.

Die Arbeitszeiten der Detektive waren unterschiedlich. Sie waren selbständig und für die

Instandhaltung und Verwaltung ihrer Werkzeuge verantwortlich.

Ein Detektor benötigt viele Werkzeuge. Er wollte nicht unvorbereitet auf eine Ausgrabung gehen. Die meisten trugen einen Werkzeugkasten überall mit sich herum. Darin befanden sich wichtige Dinge. Um nur einige zu nennen: Kopfhörer, Regenschutz, Gurte, Grabungswerkzeuge, Kellen, ein Werkzeuggürtel, eine Schürze (mit Taschen), ein wasserdichter Beutel, ein Rucksack, ein Müllsack.

Die meisten von Johns und Pauls Ausgrabungen befanden sich in London, an der Themse. Wie gesetzlich vorgeschrieben, waren sie im Besitz von Standard- und Mudlark-Genehmigungen. Diese wurden von der Port of London Authority erteilt.

Die Genehmigung erlaubte es ihnen, bei Bedarf bis zu einer Tiefe von 7,5 cm zu graben (die Leiter war unabhängig davon erforderlich, ob man zu graben beabsichtigte oder nicht).

Bei dem viereckigen Gegenstand, der vor ihnen gelandet war, musste man sich schon etwas einfallen lassen. Bevor sie es holten und es für sich beanspruchten.

"Willst du dir das mal näher ansehen?" fragte Paul.

John, der nicht viel gesagt hat, nickte.

Sie stapften vorwärts, die Werkzeuge in der Hand. Ihre Gummistiefel knirschten und quietschten und verdrängten bei jedem Schritt Schlamm und Wasser. Das Flussufer war nach tagelangem Dauerregen oft sehr schlammig.

"Anspruch!" sagte Paul.

"In Ordnung", sagte John.

Obwohl sie es beide genau zur gleichen Zeit gesehen hatten, wusste er, dass das auch von ihm behauptet wurde. Sie waren Partner, waren es immer gewesen, und daran würde sich nie etwas ändern.

Beide stapften weiter, bis sie es erreichten. Es war wie eine quadratische Spiegelkugel, und als sie versuchten, sie zu untersuchen, sahen sie nur ihr eigenes Spiegelbild darin.

"Ich brauche einen Haarschnitt", sagte John.

Paul spottete, als er mit der Spitze seines Stiefels die Seite des Koffers berührte. "Es muss doch einen Weg geben, sie zu öffnen", sagte er.

"Es ist zu groß für uns, um es umzudrehen", sagte John, während er ein Maßband aus seiner Tasche holte und die Höhe einer Seite maß. Er zeigte Paul das Ergebnis, das 60 Zentimeter anzeigte.

Sie liefen um das Objekt herum. Sie hielten an, um ab und zu zu tippen und zu klopfen. Vorsichtig, um keine schmutzigen Fingerabdrücke auf dem verspiegelten Objekt zu hinterlassen. Aber sie hofften, dass sie einen geheimen Knopf berühren würden, der ihn öffnete.

Und zuhören. Um sicherzustellen, dass sie nicht tickt.

"Vielleicht sollten wir es ins Museum bringen oder unsere Entdeckung melden?" schlug Paul vor. "Sie würden einen Lastwagen oder einen Kran schicken, um es abzuholen und zu transportieren. Nachdem das Bombenkommando einen Blick darauf geworfen hat."

John schüttelte den Kopf.

"Wenn sie das Bombenkommando herschicken, werden sie es in die Luft jagen. Überall werden Glasscherben liegen, und unsere Klage wird nutzlos sein."

"Stimmt, stimmt", sagte Paul. "Diese Typen lieben es, Dinge in die Luft zu jagen. Ich meine, das ist doch ein Vorteil, oder?"

"Ich denke schon. Was sollen wir jetzt tun? Es tickt nicht. In dieser Hinsicht sind wir uns einig."

"Ja. Die Truppe ist nicht nötig", sagte Paul. Er ging um das Objekt herum, mit den Händen auf dem Rücken. Es war sein Denkgang. John folgte ihm mit den gleichen Schritten, die Hände hinter dem Rücken.

Paul sagte: "Wir müssen herausfinden, was es ist und wie alt es ist. Nach dem Schatzgesetz von 1996 müssen wir nur bestimmte Dinge beanspruchen. Es sieht weder nach Gold noch nach Silber aus, und es ist bestimmt nicht älter als dreihundert Jahre. Dieser Fund könnte uns gehören und nur uns gehören, d. h. wir müssen ihn vielleicht nicht bei unserem örtlichen FLO (Finds Liaison Officer) melden.

"Definitiv kein Gold oder Silber", sagte John, klopfte auf den Metallgegenstand und lauschte. Es klang hohl. Er klopfte an ein paar Stellen und lauschte.

Über ihnen erschienen zwei Lichter.

Einer war grün und einer gelb.

Sie landeten auf der Spitze des Objekts.

"Husch!" sagte Paul.

"Sind wir verrückt geworden?" fragte John und kratzte sich am Kopf.

"Ich glaube nicht", antwortete Paul.

Die Lichter hoben ab und schwebten umher. Beide fielen auf den Fuß des Containers. Sobald sie sich gesetzt hatten, hoben die Lichter den Container an und hielten ihn an Ort und Stelle. Sekunden später begann er sich zu drehen, zunächst langsam, dann immer schneller. Bald drehte er sich mit hoher Geschwindigkeit. Während er sich drehte, begann er mit einer hohen Stimme zu singen.

Die Detektive sanken auf die Knie und hielten sich die Ohren zu. Ihre Körper wurden von einer Übelkeit heimgesucht, die der Seekrankheit nicht unähnlich war. Und sie hatten große Angst.

"Was ist los?!" kreischte John.

"Ich glaube, das Ding schlüpft!" antwortete Paul.

Als der Container auf den Boden fiel, pulsierte er. Schüttelte. Schauderte. Als die verspiegelte Kiste aufklaffte und sich ein Teil von ihr wie eine Zugbrücke auf das grasbewachsene Flussufer senkte.

"Arrrgggggh!", riefen die Detektive.

Sie warteten und schauten durch die Lücke zwischen ihren Fingern. Sie waren nicht mehr daran interessiert, die Sache zu beanspruchen. Kein Interesse mehr an seinem Wert.

Ein kleiner Junge trat heraus.

"Es ist ein Kind", sagte Paul und stand auf.

John stand ebenfalls auf und stemmte die Hände in die Hüften.

"Warte", sagte Paul. "Er ist angezogen wie einer von diesen Oliver Twist-Kindern."

"Ich bin wiedergeboren", rief der Junge aus, zog seine Mütze zurecht und setzte sie wieder auf. Er streckte sich, gähnte und nahm dann seine Umgebung in Augenschein. "Schau, da! Die Parlamentsgebäude. Sie haben sich verändert, seit ich sie das letzte Mal gesehen habe. Und hören Sie", sagte er, als die Uhr einmal, zweimal und dreimal schlug. "Warum haben sie die große Glocke in einen Käfig gesperrt?", fragte er.

"Was meinst du mit einem Käfig? Und er heißt Big Ben", sagte Paul. "Und warum bist du so angezogen? Bist du auf einem Kostümfest?"

Der Junge tastete die Vorderseite seiner Weste ab. Er überprüfte, ob seine Weste vollständig zugeknöpft war und seine Hosenbeine ganz unten waren. Er war es eher gewohnt, kurze Hosen zu tragen, und die längeren wollten sich immer zusammenballen. Auf dem Kopf trug er einen Hut, den er abnahm, bevor er wieder sprach.

"Kennst du den Weg nach Portsmouth?", fragte er. "Mutter und Vater werden sich Sorgen um mich machen."

Die Detektive sahen sich an, aber keiner sprach. Zum ersten Mal in ihrem Leben waren sie sprachlos.

"Ich bin weg", sagte der Junge und setzte seinen Hut wieder auf.

POP.

POP.

Hadz und Reiki kamen an und flogen blockiert direkt vor die Augen des Jungen.

"Charles Dickens, du musst bei diesen beiden Männern bleiben. Sie werden dich dorthin bringen, wo du hingehörst. Du musst bei E-Z bleiben."

"Was haben sie gesagt?" sagte John und rieb sich die Ohren. "Ich glaube, ich werde verrückt."

"Sie sagten, er sei Charles Dickens. Charles Dickens! Und wir sollen ihm helfen, zu E-Z zu kommen, wer auch immer er ist, wenn er zu Hause ist", antwortete Paul.

Charles Dickens. DER Charles Dickens. Auch bekannt als E-Zs und Sams entfernter Verwandter... Er neigte seine Kappe in Richtung der beiden feenartigen Wesen. "Ich hatte mal ein Buch mit einer Fee auf dem Cover von Grimm. Kennst du ihn?", fragte er.

Hadz und Reiki kicherten, dann verschwanden sie.

POP

POP.

Charles Dickens setzte seinen Hut wieder auf: "Ich bin auf dem Weg nach Portsmouth." Er begann zu gehen.

"Nein, sind Sie nicht", sagten die Detektive unisono.

"Natürlich bin ich das", sagte er.

"Portsmouth ist ein weiter Weg", sagte John.

Hinter ihnen begann der verspiegelte Würfel zu zittern und zu rütteln. Dann sprach er: "Dieser Cybus autem speculatam wird sich in 5, 4, 3, 2, 1, 0 selbst zerstören."

Die Detektive stürzten zu Boden und bedeckten ihre Köpfe mit den Händen.

POOF.

Und sie war weg.

"Uff!" sagte Dickens. Dann zeigte er auf das London Eye. "Was in aller Welt ist das?", fragte er.

Die Detektive liefen vor Charles her. Sie gingen voran und machten den Weg frei. Wie zwei Fußballverteidiger hielten sie ihn in Sicherheit. Sie wichen Fahrrädern, Fußgängern und streunenden Hunden aus. Sie lenkten ihn auf andere Wege, um Straßenbahnen, Taxis und Motorrollern auszuweichen.

"Es heißt The London Eye und man kann von dort oben kilometerweit sehen."

"Können wir vielleicht bald etwas essen?" fragte Charles und rieb sich den Bauch.

"Warum kommen Sie nicht erst zu uns und trinken eine Tasse Tee?", fragte Paul. "Meine Mutter macht eine gute Tasse Tee, und vielleicht legt sie sogar ein oder zwei Kekse dazu."

"Klingt gut", sagte Dickens. "Dann muss ich mich auf den Heimweg machen. Mutter wird sich wundern, wo ich bin. Ich darf nicht lange draußen bleiben, und da die Sonne gerade steht, wird sie wohl bald untergehen."

Als sie sich Convent Gardens näherten, bemerkte Dickens eine Tafel. "Sehen Sie hier", sagte er. "Hier steht mein Name."

John und Paul sahen sich Charles Dickens an.

"Was?", sagte er.

"Sie werden der berühmteste britische Autor aller Zeiten sein", sagte John. "Und Oliver Twist ist eine Ihrer berühmtesten Figuren."

"Ist das so?" fragte Charles.

"Das ist es", sagte Paul. "Und ich will dich nicht beleidigen oder so, aber William Shakespeare ist auch ziemlich berühmt", sagte Paul.

"Shakespeare war ein Dramatiker. Habe ich Theaterstücke geschrieben?" fragte Charles.

"Nein, du hast Romane geschrieben. Nun, dann hattest du vielleicht recht."

Sie kamen bei Pauls Haus an, "Mama, das ist Charles Dickens", sagte er.

Sie stand in der Küche und trug eine Schürze, an der sie sich die Hände abwischte, bevor sie Charles die Hand schüttelte.

"Sind Sie mit dem Charles Dickens verwandt?" fragte Pauls Mutter.

"Schön, Sie wiederzusehen", sagte John und wechselte das Thema. "Darf ich so unhöflich sein und um eine Tasse Tee mit etwas Brot und Butter bitten?"

"Ihr drei geht rein und setzt euch, ich bringe es gleich rein", sagte sie und scheuchte sie aus ihrer Küche.

Sie ließen sich im vorderen Zimmer nieder. Paul setzte sich in die Nähe des Fensters, damit er durch die Gardinen hinausschauen konnte.

In der Zwischenzeit dachten John und Paul in eine ähnliche Richtung. Wie sie Charles Dickens entdeckt hatten und wie sie damit ein wenig Geld verdienen konnten.

Paul suchte, Wann ist Charles Dickens gestorben? Antwort: 1870: 1870. Er zeigte John den Bildschirm.

"Warum wolltest du nach Portsmouth gehen?" fragte John.

"Ich habe dort gelebt", sagte Charles.

"Haben Sie noch mehr Bücher?", fragte Paul. "Ich meine Bücher, die du noch nicht veröffentlicht hast?"

"Ich weiß es nicht", sagte Charles. "Habe ich viele Bücher geschrieben?"

"Ja, du hast Charles", sagte John.

"Irgendetwas Gutes?" erkundigte sich Charles.

"Ich habe Oliver Twist gelesen, als ich ein Junge war, und auch Great Expectations. Hervorragend, aber ein bisschen lang für meinen Geschmack", sagte Paul.

"A Christmas Carol war gut", sagte John, "nicht zu lang und eine ausgezeichnete Lektion."

Ein paar Minuten lang war es still im Raum.

"Ich muss diesen Ezekiel Dickens - oder wie er von seinen Freunden genannt wird, E-Z - finden", sagte Charles. "Ich weiß nicht, woher ich das weiß, aber ich glaube, er lebt in Amerika." Er gähnte und konnte kaum die Augen offen halten.

Pauls Mutter kam herein und trug ein Tablett mit Leckereien. Alle aßen sich satt, und bald schlief Charles in seinem Stuhl ein.

"Ah, der Kleine schläft tief und fest", sagte Pauls Mutter, als sie ihm eine Decke über den Kopf legte.

"Er ist so klein", sagte sie.

"Aber er ist einer der größten Schriftsteller".

John warf ein: "Das Schreiben liegt ihm im Blut, also könnte er eines Tages ein großer Schriftsteller sein."

Pauls Mutter lachte und ging dann nach oben in ihr Zimmer, um ein wenig fernzusehen.

Währenddessen diskutierten Paul und John darüber, was sie mit Charles Dickens machen sollten.

"Schade, dass wir ihn nicht behalten können", sagte John.

"Nun, ich glaube nicht, dass das Museum ihn annehmen würde", sagte Paul.

Beide erklärten sich bereit, im Internet über Charles Dickens zu recherchieren.

POP

POP.

John und Paul starrten vor sich hin, als ob sie schliefen. Auch wenn sie weit weg waren. Hadz und Reiki sangen ihnen ein Lied vor, das ungefähr so ging:

"Charles Dickens ist nur ein Junge.

Er ist nicht das Spielzeug eines Detektivs.

Helfen Sie ihm, seinen Cousin in den USA zu finden.

Mach das morgen früh, oder wir lassen dich dafür bezahlen!"

Dieser Song spukte John und Paul so lange im Kopf herum, bis sie wussten, was sie zu tun hatten.

"Wir werden E-Z Dickens finden", sagte Paul.

"Ja, das ist das Richtige", sagte John.

POP

POP.

Und sie waren weg.

KAPITEL 19

ROSALIE IST GELANGWEILT

Rosalie war es leid, Anne von Green Gables zu lesen. Je älter sie wurde, desto schwieriger wurde es für sie, sich lange auf eine Sache zu konzentrieren. Sie nahm ihre Brille ab und wünschte sich, sie hätte eine lavendelfarbene Maske, um ihre Augen zu bedecken.

BINGO.

Eine weiche, nach Lavendel duftende Maske schirmte das Licht ab und beruhigte ihre müden Augen.

"Es ist, als gäbe es hier einen Zaubergeist", sagte sie, dann schloss sie die Augen und schlief ein.

Als sie einige Zeit später erwachte und ihre Maske abnahm, lag sie wieder in ihrem Bett in der Seniorenresidenz. War sie verrückt oder hatte sie eine Reise in ihrem Kopf gemacht?

Rosalie fröstelte ein wenig, was wahrscheinlich an der kalten, sterilen Umgebung lag, in der sie sich befand. Zu bestimmten Zeiten am Tag sank die Temperatur.

Zu dieser Zeit bemerkte sie, dass die Bewohner in ihren Zimmern waren, während die Teilnehmer aufräumten. Da sie fleißig waren, haben sie die Kälte nicht bemerkt. Nicht so wie die Senioren, die nichts taten.

BINGO.

Die unterste Schublade ihres Kleiderschranks öffnete sich, und ihr weicher, flauschiger roter Pullover flog ihr entgegen. Er hielt sich selbst fest, während sie ihre Arme hineinsteckte. Sie kuschelte sich an ihn und spürte seine Wärme, als er sich zuknöpfte.

"Dies ist ein ziemlich seltsames Ereignis", sagte sie.

Sie saß still da und träumte von einer heißen Tasse Tee mit viel Zucker und Milch.

BINGO.

Auf einem Tisch in der Nähe stand eine schicke Teekanne mit Blumen darauf. Als der Tee aufgegossen war, goss sie ihn in eine passende Teetasse, fügte zwei Stück Zucker und einen Spritzer Milch hinzu.

"Drei Stück, bitte", bat Rosalie.

Ein dritter Klumpen wurde hinzugefügt.

Die Tasse Tee auf einer Untertasse schwebte ihr entgegen.

"Wie wäre es mit einem oder zwei Butterkeksen?", fragte sie.

Er blieb mitten in der Luft stehen.

BINGO.

Auf der Untertasse befanden sich nun zwei Butterkekse.

"Du hast einen Teelöffel vergessen!"

BINGO.

"Danke", sagte sie und fragte sich immer noch, ob sie halluzinierte und/oder den Verstand verlor.

Der Tee war heiß, aber nicht zu heiß. Süß, aber nicht zu süß. Und er passte gut zu dem Butterbrot.

Als sie den letzten Tropfen aus dem Becher getrunken hatte....

BINGO

Er verschwand direkt aus ihrer Hand.

Sie fragte sich, wie lange diese Zaubertricks oder Tricks ihrer Fantasie noch andauern würden. Solange sie andauerten, würde sie sie in vollen Zügen genießen.

"Moment mal!"

Sie erinnerte sich an das Buch. Das, von dem sie nicht wollte, dass es jemand lesen konnte.

"Kannst du", fragte sie in die Luft, "es so einrichten, dass der andere mein Buch lesen kann." Sie griff in die Schublade und hielt es hoch. "Also, die einzigen, die es lesen können, außer mir, sind Lia, Alfred und E-Z. Niemand sonst. Wenn jemand anderes es findet und durch die Seiten blättert, werden sie alle leer sein."

Sie wartete auf ein Zeichen. Oder ein Geräusch, aber es kam keines.

Sie legte das Buch zurück in die Schublade, drehte sich um und schlief wieder ein.

POP

POP

"Schläft sie schon?" fragte Hadz.

"Ich glaube ja. Sie schnarcht!"

"Vorsichtig, um sie nicht zu wecken. Aber wir müssen sie an Bord bringen - ich meine, offiziell."

"Die Erzengel haben ihr Kräfte gegeben, um Lia, E-Z und Alfred zu beobachten. Sie wissen über sie Bescheid", erinnerte sich Reiki.

"Das ist wahr, und sie wird diesen Kindern gegenüber loyal sein. Und den anderen. Die Erzengel wissen nichts Genaues über sie - und ich glaube, das ist auch besser so."

"Einverstanden. Also, was müssen wir tun. Damit es so wird?"

"Rosalie", flüsterte Hadz direkt in ihr linkes Ohr. "Du willst Lia, E-Z und Alfred helfen, nicht wahr?"

"Ja", gurrte Rosalie.

sprach Reiki. "Und was ist mit den anderen? Bist du bereit, sie zu beschützen? Sogar vor den Erzengeln?"

"Ja", antwortete Rosalie.

"Sehr gut", sagte Reiki. "Jetzt sollten wir ihrem Gedächtnis auf die Sprünge helfen. Wir wollen doch nicht, dass sie vergisst, wozu sie sich verpflichtet hat, oder?"

Hadz und Reiki sangen ein Lied,

"Erinnerungen sind etwas Schönes.

Die wie Rauchringe umherschweben.

Zurück und vorwärts, vorwärts und zurück

Rosalies Erinnerungen sollen sie auf dem richtigen Weg halten.

Magie, Magie in der Luft und im Meer

Unser Vertrag mit Rosalie ist bindend."

POP

POP

Hadz und Reiki waren weg, und die gute alte Rosalie schnarchte weiter.

KAPITEL 20
COUSINS

Morgens, in England, während der Kessel kochte, machten sich John und Paul fertig. Der Computer war eingeschaltet, und die Suchmaschine war geöffnet.

"Ich mache den Tee", sagte John.

"Ich fange an zu tippen", sagte Paul, als er Ezekiel Dickens in die Suchleiste eingab. "Oh", sagte er. "Das war jetzt unerwartet."

John kam mit einem Tablett mit Tee, Würfelzucker in einer Schale, heißem gebuttertem Toast und einem Glas Marmelade an der Seite.

"Haben Sie etwas gefunden?", fragte er.

"Sehen Sie sich das an", sagte Paul, drehte den Bildschirm und rührte Würfelzucker in seinen Tee.

Es war die Superhelden-Website der Drei. Sie sahen zu, wie E-Z sich vorstellte, gefolgt von Lia und Alfred.

"Ist das echt?" fragte John. "Sie sehen aus wie drei Figuren aus einem Zeichentrickfilm."

Dann begann die Nachstellung der Achterbahnrettung. Paul drückte auf PAUSE. Er öffnete ein weiteres Fenster. Er tippte "Amusement Park Rescue E-Z Dickens" ein. Eine Zeitung mit einem Artikel darüber tauchte auf. "Es ist echt", sagte er.

"Charles' Verwandter ist also ein Superheld?"

"Glaubst du, wir sehen uns ähnlich?" fragte Charles. Er schlief noch halb in dem übergroßen Pyjama, den sie ihm zum Schlafen gegeben hatten. Er nahm sich eine Scheibe Toast vom Teller und biss hinein.

"Ihr habt beide die Nasen von Dickens", sagte John.

Charles warf einen genaueren Blick auf den angehaltenen Teil des Bildschirms.

"Ausgehend davon, wann du geboren wurdest", sagte Paul und googelte es, "von 1812 bis heute, wäre E-Z dein Cousin siebten oder achten Grades."

"Was bedeutet es, wenn ein Cousin entfernt wird?"

"Es bedeutet die Anzahl der Generationen zwischen euch", sagte John.

"Mein Vorfahre ist also ein Superheld. Was ist ein Superheld? Ist es wie in Sir Gwain und der Grüne Ritter?"

"Ah, ich erinnere mich, dass ich das in der Schule gelesen habe, als ich ein Junge war, ja, Ritter und Superhelden sind ähnlich", sagte Paul.

John scrollte nach unten, um zu sehen, ob E-Z Dickens irgendwo erwähnt wurde. Es gab YouTube-Clips von ihm beim Baseballspielen, bevor er im Rollstuhl saß und danach.

"Er ist ein echter Sportler", sagte John. "Und er treibt Sport im Rollstuhl."

"Das Spiel sieht ähnlich aus wie Rounders", sagte Charles.

"Oh, warte, hier ist etwas über seine Eltern", sagte Paul.

Sie lasen die Nachrufe auf die Eltern von E-Z, die bei dem Unfall ums Leben gekommen waren.

"Armer Junge", sagte Charles. "Wenigstens hat er jetzt den Bruder seines Vaters, Sam, der sich um ihn kümmert."

"Warum schenken wir ihm nicht einfach einen Ring?" fragte Paul. Er klappte sein Telefon auf und rief die Auskunft an.

Charles schaute über seine Schulter, während Paul in das Gerät sprach und eine Frauenstimme antwortete. "Ich brauche eine Tasse Tee", sagte er.

John ging in die Küche, um ihm eine zu holen.

In der Zwischenzeit erkundigte sich Paul nach der Nummer eines Ezekiel Dickens in Nordamerika. Nachdem er gewählt hatte und das Telefon zu klingeln begann, stellte Paul den Lautsprecher ein.

"Hallo", sagte Sam.

Charles hätte beinahe seine Tasse Tee fallen lassen.

"Hallo, mein Name ist Paul und ich rufe aus London, England an. Ich möchte bitte mit Ezekiel Dickens sprechen."

"Ich bin sein Onkel, darf ich fragen, worum es hier geht?" Sam ging den Flur entlang zu E-Zs Zimmer.

Die Drei sahen sich einen Film auf dem neuen Flachbildfernseher an. Sam nahm die Fernbedienung in die Hand und drückte auf MUTE. Dann stellte er sein Telefon auf Lautsprecher.

"Um ehrlich zu sein, bin ich mir da nicht so sicher", sagte Paul. "Nicht ich will mit ihm sprechen, sondern, na ja, es ist..."

"Ich." Eine neue Stimme meldete sich am Telefon. Die Stimme einer jüngeren Person.

"Und wer sind Sie?" fragte Sam.

"Mein Name ist Charles Dickens."

Sam reichte das Telefon an seinen Neffen weiter. "Er sagt, sein Name sei Charles Dickens."

"Ich habe dir gesagt, dass heute etwas Seltsames passieren würde", sagte Alfred.

"Ich auch", sagte Lia, "aber ich wusste nicht, dass es um Charles Dickens gehen würde!"

E-Z zögerte, bevor er sagte: "Hier ist E-Z Dickens, äh, Mr. äh, Charles. Wie kann ich Ihnen behilflich sein?"

Charles lachte. Es war ein nervöses Lachen. Er wußte nicht, was er sagen sollte. Er hatte noch nie mit jemandem gesprochen, der auf der anderen Seite der Welt war.

"Ich bin zurückgekommen", platzte er heraus. "Um dich zu finden. John und Paul, meine Freunde, sind (er legte seine Hand auf das Telefon) - Detektive..."

E-Z hatte den Begriff "Detektiv" noch nie gehört.

"Sie benutzen Apparate, um etwas zu finden", sagte Alfred.

Paul übernahm das Wort. "Ein Ding ist im Fluss gelandet. Charles Dickens war darin. Zwei Lichter, ein grünes und ein gelbes, sagten uns, dass Charles sich mit E-Z Dickens in Verbindung setzen musste."

"Was für ein Ding?" fragte E-Z. "War es so etwas wie ein Silo?"

"John hier", sagte eine neue Stimme. "Nein, es war ein Würfel. Ein gespiegelter Würfel."

E-Z legte die Hand auf sein Telefon: "Das klingt nicht nach einem dieser Silo-Dinger."

"Haben dich die Engel geschickt?" Lia platzte heraus und sagte: "Ich bin übrigens Lia und die andere Stimme, die du gehört hast, war Alfred. Wir sind zusammen mit E-Z und Sam hier."

"Erfreut, Sie alle kennenzulernen", sagte Charles.

"Wie alt bist du?" fragte E-Z.

"Ungefähr zehn, glaube ich. Stimmt es, dass wir Cousins sind?"

"Ja", sagte E-Z, "und Onkel Sam ist auch dein Cousin".

"Wir sind durch Raum und Zeit miteinander verbunden", sagte Charles.

"E-Z ist auch ein Schriftsteller", sagte Sam.

E-Z zuckte zusammen, und seine Wangen fühlten sich heiß an.

Sam holte seinen Neffen mit dem Ellbogen in die Realität zurück.

"Das ist eine Menge zu verarbeiten, Mr. Dickens, äh, ich meine Charles. Wir müssen planen, Sie hierher zu holen, oder ich kann zu Ihnen kommen. Können Sie eine Weile bei John und Paul bleiben, und wir melden uns wieder, sobald wir wissen, was zu tun ist?"

Paul sagte: "Ja, Mama sagt, Charles macht überhaupt keinen Ärger. Er kann so lange bei uns bleiben, wie er will."

"Ich rufe dich zurück", sagte E-Z.

Die Telefonverbindung wurde unterbrochen.

"Oh, übrigens", sagte Sam, "es war nichts Brauchbares auf Ardens Festplatte. Außer der Bestätigung, dass sie zusammen online waren und ein Multiplayer-Schießspiel spielten."

"Gut zu wissen", sagte E-Z, so viel hatte er bereits selbst herausgefunden.

KAPITEL 21
DER PLAN UND ROSALIE

In seinem Zimmer diskutierten E-Z, Lia und Alfred zusammen mit Onkel Sam über das Gespräch, das sie geführt hatten.

"Ich kann nicht glauben, dass der echte Charles Dickens uns angerufen hat", sagte Sam.

"Ja, aber was ich nicht verstehe, ist, warum er hier ist. Und warum er hier ist", sagte E-Z. "Ich meine, er ist zehn Jahre alt - denkt er. Und sein Fortbewegungsmittel hört sich seltsam an, eine verspiegelte quadratische Kiste. Was zum Teufel hat es damit auf sich?"

"Es klingt nicht wie ein Raumschiff", sagte Alfred, "nicht dass wir wüssten, wie eines aussehen würde."

"Moment mal!" sagte Lia.

E-Z sah sie an. "Denkst du, was ich denke?"

Sie nickte.

"WAS?" erkundigte sich Alfred.

"Weißt du noch, als die Erzengel uns riefen, um uns zu sagen, dass einer von uns sterben muss?" fragte Lia.

Alfred und E-Z nickten.

"Denk an den Container. Als wärst du wieder drin und erinnerst dich an die Sachen, die wir gefunden haben. Die Papiere, die wir gefunden haben?"

"Ich verstehe, worauf Sie hinauswollen. Du meinst die Informationen aus der anderen Welt. Über unser Leben in alternativen Dimensionen?" fragte E-Z.

"Genau", sagte Lia.

Alfred hüpfte auf dem Bett auf und ab.

"Was?" fragte Sam.

erklärte E-Z, so gut er konnte.

"Also, mal sehen, ob ich das richtig verstanden habe", sagte Sam. "Wir alle haben ein Leben, das irgendwo anders stattfindet als hier. Ich meine auf der Erde. Es gibt andere Versionen von uns, die ein anderes Leben führen als wir. In anderen Zeiten, anderen Räumen, anderen Dimensionen.

"Das ist richtig", sagte E-Z.

"Können wir dann unser Leben ändern?" fragte Sam. "Ich meine, das Ergebnis ändern? Können wir verhindern, dass schreckliche Dinge passieren?"

"Das glaube ich nicht", sagte Lia. "Aber ich weiß nicht, wie viel sie uns über die anderen Dimensionen wissen lassen wollen. Aber nach dem, was Eriel uns erzählt hat, sind wir das Zentrum. Alles andere, was passiert, dreht sich um uns und das Leben, das wir jetzt führen."

"Also", sagte Alfred, "dass Charles Dickens hier ist, muss etwas mit Eriel und den anderen zu tun haben."

"Ja, das denke ich auch", sagte E-Z. "Aber warum jetzt? Die Versuche sind beendet. Es war ihre Entscheidung. Trotzdem können sie mich nicht in Ruhe lassen."

"Wir bringen Charles Dickens zurück. Und dann auch noch eine zehn Jahre alte Version von ihm! Das ergibt für mich keinen Sinn", sagte Lia.

"Vielleicht, wenn wir ihn treffen", sagte Sam, "wird alles einen Sinn ergeben."

"Nicht, wenn es um Eriel geht", sagte E-Z. "Bei ihm ist nichts immer geradlinig."

"Es sieht so aus, als ob eine Reise nach London der einzige Weg ist, um das herauszufinden", sagte Sam.

"Es kommt mir vor, als wäre ich noch gar nicht so lange dabei gewesen."

"Ja, es ist ganz einfach für dich. Du musst nur deinen Stuhl in die richtige Richtung halten und los geht's", sagte Alfred. "Bei mir hingegen ist viel Energie im Spiel, weil ich so viel herumflattern muss, und der Wind spielt auch eine Rolle."

"Du könntest in ein Flugzeug steigen, wenn Onkel Sam mitfliegt", schlug E-Z vor. "Du müsstest dich nur zu den anderen Passagieren setzen und den Flug genießen."

Alfred ließ den Kopf hängen.

"Ich sage das nicht, damit du dich schlecht fühlst. Ich will dich nur daran erinnern, dass wir alle im selben Boot sitzen."

"Das verstehe ich. Und danke."

Okay, kommen wir zurück zur Sache", fügte E-Z hinzu. Er schaltete den Fernseher aus.

Lia starrte wie in Trance vor sich hin. "Rosalie!", rief sie aus.

"Wer?" fragte Alfred.

Lia starrte weiter ins Leere.

"Geht es Lia gut?" fragte Sam. "Sie atmet kaum noch."

Lia stand auf. "Ich muss dir etwas sagen. Ich habe jemanden kennengelernt, nicht persönlich, aber in meinem Kopf. Sie ist in meinem Kopf und ich spreche schon seit einiger Zeit mit ihr. Sie bat mich, nichts zu sagen - noch nicht. Ich glaube, das könnte mit dieser ganzen Charles-Dickens-Reinkarnationsgeschichte zusammenhängen."

"Wir hören zu", sagte E-Z und beugte sich näher vor.

"Ihr Name ist Rosalie. Sie lebt in einem Seniorenheim in Boston - und sie ist ziemlich alt. Sie ist demenzkrank."

"Ist das nicht der, der Gedächtnisverlust verursacht?" fragte Alfred.

Aber in dem Moment, in dem Rosalie hörte, wie Lia ihren Namen erwähnte, wurde sie geistig und körperlich in das Zimmer von E-Z versetzt. Sie schwebte über ihnen und lauschte aufmerksam jedem Wort, das gesagt wurde. Sie räusperte sich, um zu sehen, ob sie sie sehen oder hören konnten - sie konnten es nicht. Sie wünschte sich, sie hätte ihr Notizbuch und ihren Stift mitgebracht.

BINGO.

Beide wurden ihr in die Hand gedrückt. Sie lächelte und begann, sich Notizen zu machen.

"Du meinst, ihr zwei seid verbunden - durch ESP?" fragte Alfred. "Ich dachte, ich wäre der Einzige, der ESP hat?"

"Es ist nicht gerade ESP, glaube ich. Nicht auf die gleiche Weise wie bei dir."

"Wie das?" erkundigte sich Alfred.

"Rosalies Erinnerungen sind weg. Zumindest die meisten von ihnen. Sie erkennt nicht einmal mehr ihre Familie, wenn sie sie besuchen kommt. Sie kommen nicht oft zu Besuch. Es macht ihr nichts aus, denn sie mag sie nicht. Aber irgendwie waren wir miteinander verbunden. Und sie wusste alles über uns und unsere Kräfte. Sie hat sich um uns gekümmert, sozusagen."

"Warum erzählen Sie uns das jetzt?" fragte E-Z.

"Weil sie sagte, es sei okay. Und sie hat auch das Weiße Zimmer erwähnt. Sie war nicht nur einmal dort, sondern zweimal. Beim ersten Mal wurde sie wohlbehalten in ihr Bett zurückgebracht - aber dieses Mal nicht. Sie sagt, dass sie jetzt dort ist, und sie lassen sie nicht nach Hause gehen.

"Wie ihr beide wisst, war ich in einem Weißen Zimmer", sagte er. "Dort haben mir die Erzengel zum ersten Mal Versprechungen gemacht und mir gesagt, dass ich wieder bei meinen Eltern sein würde. Im Grunde haben sie mich durch die Prüfungen an Bord geholt."

Sam mischte sich ein: "Eriel hat mich einmal in den Weißen Saal entführt. Es war ganz angenehm, zumindest am Anfang - bis er mich nicht mehr gehen ließ."

"Ja", sagte E-Z, "Eriel hat keinen Takt. Und es ist ein ziemlich cooler Ort. Man bekommt alles, was man sich wünscht, wenn man darüber nachdenkt - wie Magie. Und es gibt Bücher - Bücher mit Flügeln. Aber ich will hier nicht zu sehr ins Detail gehen - konzentrieren wir uns lieber auf Rosalie. Was ist jetzt los?"

Rosalie lachte und dachte, was wäre, wenn sie Lia sagen würde, dass sie an zwei Orten gleichzeitig war? Nein, das könnte sie in Panik versetzen. Sie unterhielt sich in ihrem Kopf mit Lia und erzählte ihr dabei ein paar Notlügen.

"Sie sagt, sie tue so, als ob sie schliefe. Sie erinnert sich an zwei Punkte, einen grünen und einen gelben, die vor ihren Augen schweben."

"Hadz und Reiki", sagte E-Z. "Sag ihr, dass sie keine Angst vor ihnen haben muss. Sie sind die Guten."

Ah, Rosalie seufzte. Dann wurde ihr klar, dass dies die Gelegenheit sein könnte, auf die sie gewartet hat. Um den Drei von den anderen zu erzählen. Sie dachte sorgfältig nach und beschloss dann, dass es an der Zeit war, ihr Wissen mitzuteilen.

"Oh, warte, sie will, dass ich dir etwas sage." Lia starrte vor sich hin, als Rosalies Stimme zwischen ihren Lippen hervorsprudelte: "Es gibt andere wie dich, ich habe sie gesehen. Ich glaube, deshalb bin ich hier."

"Andere, wie wir?" riefen Lia, Alfred und E-Z aus.

"Ich bin mir nicht sicher, wie viel ich ihnen über die anderen Kinder in diesem Raum erzählen soll. Haben Sie einen Rat für mich? Was soll ich sagen? Werden sie mir wehtun? Wenn ich ihnen von den anderen Kindern erzähle - werden sie ihnen wehtun?" sagte Rosalie durch Lia.

"Du bist dran, E-Z", sagte Lia selbst.

"Hören Sie sich zuerst an, was sie zu sagen haben", sagte E-Z. "Sie werden dir sagen, was sie bereits wissen, und dann kannst du entscheiden, wie viel, wenn überhaupt, sie noch wissen müssen.

"Ein guter Rat", sagte Alfred. "Sei immer ein guter Zuhörer. Vor allem, wenn man gegen seinen Willen an einem fremden Ort festgehalten wird."

Lia bot an: "Ich werde die Jungs hier auf dem Laufenden halten, wenn Sie wollen, dass wir sozusagen am Ball bleiben."

Rosalie sprach, indem sie Lias Mund als ihren eigenen benutzte: "Ich muss alle meine Fähigkeiten bewahren... also sage ich erst einmal over and out. Danke an dich und die Bande für die Hilfe. Ich melde mich, wenn ich dich brauche, solange ich hier bin. Ansonsten melde ich mich, wenn ich wieder zu Hause bin, was bald der Fall sein wird, da ich das Abendessen verpasse. Heute Abend gibt es Truthahn, Kartoffelpüree und Erbsen." Sie zögerte. "Ach, und übrigens, Lia, das ist ein hübsches Oberteil, das du da trägst."

BINGO.

"Danke", sagte Lia und schaute auf ihr T-Shirt hinunter und fragte sich, woher Rosalie wusste, was sie trug.

"Was?" fragte E-Z.

"Ach, nichts", sagte Lia.

Wieder zurück im Weißen Zimmer. Rosalie dachte, ihr Notizbuch wäre in der Schublade ihres Nachttisches besser aufgehoben.

BINGO

Und sie waren weg.

BINGO

Das Abendessen kam. Sie hatte alles köstlich gegessen, aber jetzt konnte sie nur noch an einen dicken Erdbeershake denken.

BINGO.

Eine kam an und daneben ein Stück Lemon Meringue Pie.

In diesem Moment trafen Eriel und Raphael ein.

"Oh, oh", sagte die Leiter, als sie zu ihr hinunterschwebten und aussahen, als wären sie für Halloween verkleidet.

"Träume ich? Oder tot?" fragte Rosalie.

"Weder noch", antworteten die Erzengel.

KAPITEL 22
KENNENLERNEN UND BEGRÜSSEN

"Gehen Sie ruhig und essen Sie zu Ende", sagte Raphael.

"Ja, wir haben nichts Besseres zu tun", sagte Eriel. Während sie ihr beim Essen zusahen, hatte Rosalie Probleme beim Kauen. Schwierigkeiten beim Schmecken. Und es schien kälter zu sein. Sie warf einen Blick auf die Bücherregale, auf die Leiter. Sie hatte das Gefühl, dass diese beiden Fremden nichts Gutes im Schilde führten, als sie ihr Messer und ihre Gabel ablegte.

"Zunächst einmal", begann Eriel, "muss dieses Gespräch unter uns bleiben und nur unter uns".

In ihren Gedanken sprach sie zu Lia. "Bist du da, Kind? Hörst du mir zu?"

"...Aussterben."

"Es tut mir leid", sagte Rosalie, "aber könntest du noch einmal anfangen, ich meine von Anfang an? Ich bin alt und habe den Überblick verloren, was du mir erzählt hast.

Eriel schnaubte. Wie ein kleiner Junge, der gescholten worden war, öffnete er seine Flügel und flog davon. Als er sich dem oberen Ende der Bibliothek näherte, verschränkte er die Arme und wartete. Er wartete darauf, dass Raphael es versuchen würde.

Raphael lehnte sich näher an Rosalie.

"Deine Brille ist wirklich toll", sagte Rosalie. "Aber ich fühle mich ein bisschen seekrank mit all dem Blut, das da drin pulsiert und herumschwimmt."

Eriel lachte.

Raphael nahm ihre Brille ab und steckte sie in die Taschen ihres schwarzen Gewandes.

"Meine liebe Rosalie", gurrte Raphael, "bitte ignorieren Sie die Unhöflichkeit meines gelehrten Freundes, aber wir sind hier in einer Situation. Eine Situation, in der wir nicht nur deine Hilfe brauchen, sondern auch die Hilfe von E-Z, Lia, Alfred und den anderen. Du weißt, wen ich meine, wenn ich die anderen erwähne, ja?"

Rosalie nickte und sagte nichts.

"Wir sind ein Team von Erzengeln und unsere Kräfte sind begrenzt. Das, was überall auf der Welt geschieht, geschieht mit den Seelen."

"Du meinst, wenn Menschen sterben?" fragte Rosalie.

"Genau."

"Aber ist das nicht eher Ihre Domäne als unsere? Du hast mit Gott gesprochen - er kennt dich doch, oder?

Und wenn Sie versuchen, eine schlimme Situation zu verbessern, warum fragen Sie ihn nicht direkt?"

Da Raphael und Eriel nicht sprachen, fuhr Rosalie fort.

"Soweit ich weiß, wird der Körper eines Menschen nach seinem Tod begraben. Oder eingeäschert. Ihre Seelen - falls sie existieren - leben an einem anderen Ort weiter."

Eriel war in Sekundenschnelle bei ihr und knurrte sie an. "Das ist falsch.

Raphael schob ihn beiseite. "Es ist komplizierter, als du weißt. Zu kompliziert für die meisten Menschen, um es zu verstehen."

"Die Menschen sind ziemlich schlau", sagte Rosalie. "Wir waren auf dem Mond, haben das Flugzeug erfunden, das Internet, das Feuer. Ich bin kein Genie, und doch hast du mich hierher gebracht, um mich zu überzeugen."

Eriel lachte wieder.

Diesmal konnte Raphael nicht anders, und auch sie lachte.

Und lachte. Und lachte.

Beide konnten sich nicht zurückhalten.

Rosalie ignorierte sie. Ignorierte, was um sie herum geschah. Die Leiter, die sich hin und her und hin und her bewegte. Die Bücher purzelten heraus und wieder hinein. Es war so ein Krach. So laut. Sie sehnte sich danach, wieder in ihrem Zimmer zu sein.

Anne von Green Gables, dachte sie.

BINGO.

Das Buch lag in ihren Händen. Sie schlug es auf, fand ein Lesezeichen und las. Wenn sie ihre Hilfe brauchten, mussten sie sich schon anstrengen, um sie zu bekommen. Jetzt, da sie sie und die gesamte menschliche Rasse beleidigt hatten, wollte sie es ihnen nicht leicht machen.

"Gut für dich", flüsterte Lia in Rosalies Kopf. "Du hast das Sagen. Und ich bin hier mit E-Z und Alfred und wir halten dir den Rücken frei."

Raphael und Eriel lachten immer noch. Außer Kontrolle. Sie prallten in der Luft aufeinander, wie Luftballons, die aneinander befestigt waren.

Dann fiel ihr ein, dass ihre Zitronen-Baiser-Torte noch nicht gegessen worden war. Sie legte das Buch beiseite, stieß ihre Gabel hinein und nahm einen Bissen. Er war perfekt. Nicht zu süß und nicht zu säuerlich, genau wie ihre Mutter ihn zu machen pflegte. Sie nahm noch eine Gabel voll.

Über ihr waren Eriel und Raphael in Hysterie.

"Hören Sie auf!" rief Rosalie. "Ihr zwei seid die unhöflichsten, die widerlichsten Menschen, die ich je getroffen habe. Und ich habe in meinem Leben schon einige ziemlich unausstehliche Leute getroffen." Sie legte ihre Gabel weg. "Hat man euch keine Manieren beigebracht? Überhaupt keine Manieren?" Sie hob ihre Gabel auf und zeigte damit in ihre Richtung.

Eriel flog hinunter. In Sekundenschnelle war er bei Rosalie, mit offenem Mund. Sie stach ihn in den Zitronenquark und spießte ihn dann in den Mund des Erzengels.

"Ewwwwww!", schrie er. Er spuckte es aus, als hätte sie ihm Arsen gegeben.

"Mutter hat mich immer gelehrt zu teilen", sagte sie mit einem Lächeln.

Eriels Blässe wechselte von schwarz zu grün. Nachdem er sich übergeben hatte, verschwand er durch die Wand.

"Ich schätze, er ist kein Kuchenfan?" sagte Rosalie.

Lia lachte in Rosalies Gedanken.

Raphael nahm ihre Brille aus den Taschen ihres Morgenmantels, reinigte sie und setzte sie wieder auf ihr Gesicht. Sie setzte sich neben Rosalie. Sie war so nah, dass sie fast auf ihrem Schoß saß.

Die arme Rosalie.

"WIR WISSEN, DASS ES ANDERE GIBT, UND WIR MÜSSEN WISSEN, WER SIE SIND UND WO SIE SIND - JETZT!"

Während sie sprach, verzerrte sich Raphaels Gesicht bis zur Unkenntlichkeit.

Rosalie standen die Haare zu Berge. Ihr Körper zitterte.

"Unhöfliche Menschen bekommen nie, was sie verlangen, und du, meine Liebe, bist sehr unhöflich. Und dein Freund auch", flüsterte Rosalie.

Rosalie wurde wieder zu dem, was sie vorher war.

Nur hatte der Erzengel dieses Mal einen anderen Takt. Und ihre Stimme war sirupartig, als sie sagte,

"Ich werde durch diese Wand gehen und mich Eriel anschließen. In fünf Minuten werden wir zurückkehren und von vorne beginnen. Wir brauchen deine Hilfe - du hast Recht - und wir bitten nicht so darum, wie wir es sollten." Dann zu der Frau in der Wand: "Stellen Sie den Timer auf fünf Minuten." Dann zurück zu Rosalie: "Wenn der Timer ertönt, kehren wir zurück und beginnen von vorn." Wie versprochen, bewegte sich Raphael auf die Wand zu und verschwand durch sie.

Die Uhr an der Wand tickte laut. Sie schien fehl am Platz. Sogar zu laut für die Bibliothek.

"Das ist sehr ärgerlich", sagte die Leiter und kam näher.

"Es tut mir leid, wegen der ganzen Aufregung", sagte Rosalie. "Dass ich hier bin, hat nichts als Chaos verursacht."

"Wir mögen dich", sagte die Leiterin. "Warum bewegst du dich nicht ein bisschen? Dann fühlst du dich gleich besser."

Rosalie stand auf und erwartete, sich nach einer so großen Mahlzeit müde zu fühlen. Stattdessen war sie voller Energie. Besonders ihre Beine. Sie fühlten sich an, als wäre sie wieder zehn Jahre alt. Sie führte einen Hampelmann aus. Was für ein Spaß!

"Und jetzt", sagte Rosalie, "kommt ihr nächster Trick. Die Große Oma wird nicht nur ein oder zwei, sondern drei aufeinanderfolgende Radschläge versuchen" - und das tat sie auch. "Danke, danke", sagte sie, verbeugte sich und winkte, als hätte sie eine Goldmedaille bei der Olympiade gewonnen.

BRRRIIIING.

Der Timer lief ab. Eriel und Raphael kamen an.

Die Erzengel waren unterschiedlich gekleidet. Als würden sie zu zwei verschiedenen Partys gehen.

Eriel trug einen dunklen Nadelstreifenanzug, weißes Hemd und Krawatte.

Raphael trug ein rotes Mumu-ähnliches Kleid, das ihren Körper vom Hals bis zu den Zehen vollständig bedeckte.

"Ich fühle mich nicht gut genug angezogen", sagte Rosalie.

BINGO.

Sie trug jetzt ihr schönstes Kleid. Es war das Kleid, das sie nach ihrem Tod tragen wollte.

Sie ließ sich in den Stuhl fallen und blickte nach oben. Und die Erzengel schwebten auf sie zu. Ihre Flügel bewegten sich wie Schmetterlingsflügel, während sie sich ihr mit Anmut und Schönheit näherten. Ihre Augen quollen über.

"Wie kann ich euch helfen, meine Lieben?" fragte Rosalie.

Es war, als hätten sie jetzt eine Macht über sie, eine Macht, die sie nicht überwinden wollte. Sie fiel auf den Boden und kniete nun vor den beiden Erzengeln. Raphael berührte sie an der rechten Schulter und Eriel an der linken Schulter.

"Sagen Sie uns, was wir wissen müssen", gurrten sie.

"Die anderen sind verstreut", sagte sie, dann fiel sie zu Boden wie eine Marionette ohne Fäden.

"Sie ist zu alt dafür", sagte Eriel. "Wenn sie stirbt, hat sie keinen Nutzen mehr für uns."

"Mach weiter, es funktioniert."

POP.

POP.

Hadz und Reiki erschienen und flüsterten Rosalie etwas ins Ohr. Sie halfen ihr auf die Beine.

"Verschwindet von hier, ihr beiden Eindringlinge!" rief Eriel mit explosiver Stimme,

Rosalie erwachte aus der Trance, in die man sie versetzt hatte.

"Verschwinde!" rief Raphael und es gab kein POP, stattdessen hörte man ein einzelnes Geräusch

SPLAT.

Rosalie stemmte die Hände in die Hüften: "Ich hoffe, du hast die beiden Lieblinge nicht verletzt. Wenn du willst, dass ich dir helfe, dann solltest du sie JETZT zurückbringen, damit ich sehen kann, dass es ihnen gut geht. Ich weigere mich, Ihnen noch etwas zu sagen, bevor Sie sie nicht zurückgebracht haben." Sie durchquerte das Zimmer, setzte sich mit dem Rücken an die weiße Wand, schloss die Augen und wartete. Sie hatte den ganzen Tag, die ganze Woche, das ganze Jahr Zeit. Sie hatte es nicht eilig, irgendwo zu sein oder etwas zu tun.

POP.

POP.

"Danke", sagten Hadz und Reiki, als sie sich auf Rosalies Schultern setzten.

"Wir vermasseln das", sagte Raphael. Dann zu Hadz und Reiki: "Ihr kennt die Situation, in der sich die Erde befindet, könnt ihr uns helfen, die Hilfe dieses Menschen zu erlangen?"

Reiki sagte: "Wir wissen, dass es eine Situation gibt! Hättest du die Abmachung mit E-Z, Lia und Alfred nicht gebrochen, wären sie schon an Bord gewesen. Rosalie traut keinem von euch."

Hadz sagte: "Und du warst nicht ehrlich zu ihr".

Hadz sagte: "Bei Menschen sind Vertrauen und Ehrlichkeit alles".

Eriel stürmte auf sie zu.

Raphael hielt ihn zurück, bevor sie sagte: "Uns ist ein Fehler unterlaufen, und dieser Fehler hat Ursache und Wirkung. Wir versuchen, die Erde vor Kollateralschäden zu bewahren. Der einzige Weg, wie wir das tun können, ist, diejenigen anzurufen, denen übernatürliche Kräfte, Superheldenkräfte, verliehen wurden. Ohne sie wird die Menschheit scheitern - und es wird unsere Schuld sein."

Rosalie stand auf. Sie warf einen Blick auf die beiden kleinen Wesen, die auf ihren Schultern saßen. "Kann ich den beiden vertrauen?"

"Raphael ist vertrauenswürdig", sagte Hadz.

"Aber wir sind uns bei ihm nicht sicher", sagte Reiki.

POP.

POP.

Beide verschwanden, aus Angst, von Eriel in die Minen zurückgeschickt zu werden.

Eriel stieg höher und höher und verschwand durch die Decke.

Rosalie wechselte das Thema. "Während ich darüber nachdenke, kannst du mir erklären, was dieser Ort ist? Ich nenne ihn den weißen Raum, aber ist das der richtige Name - und warum erscheint er immer, wenn ich mir etwas wünsche? Vielleicht heißt er ja auch Zauberraum?" In diesem Moment dachte Rosalie an E-Z, den Engel/Jungen im Rollstuhl.

ACK.

E-Z ist angekommen.

"Wow!", sagte er und stellte fest, dass er mit Rosalie im Weißen Zimmer war. Er dachte an seine Sonnenbrille und

PRESTO

Sie waren auf seinem Gesicht. Er ging im Zimmer umher, um wieder ein Gefühl für seine Beine und den Boden zu bekommen. Dann streckte er die Hand aus und sagte: "Du musst Rosalie sein."

Und du musst E-Z sein", sagte sie, "ohne deinen Rollstuhl. Dieser Ort ist wirklich magisch!"

"Und, hallo, Raphael."

"Willkommen, E-Z", sagte Raphael. Dann zu Rosalie: "So viel zur Diskretion - dies sollte vertraulich sein."

"Welche Versprechen sie dir auch immer gibt, sie wird sie brechen. Sie ist unfähig, ihr Wort zu halten - und Eriel ist noch schlimmer, ebenso wie Ophaniel - und du hast sie noch nicht einmal kennengelernt. Trotzdem möchte ich dich wissen lassen, dass sie alle ein Haufen von Lügnern sind."

"Das habe ich herausgefunden", gab Rosalie zu. "Und er ist gegangen, Eriel benimmt sich wie ein verwöhntes Kind."

"Das hätte ich gerne gesehen", sagte E-Z. "Es klingt zwar nicht nach Eriel, aber Mann, das wäre eine tolle Sache gewesen."

"Genug der Höflichkeiten", sagte Raphael. "Ich habe wohl keine andere Wahl, als dir die Situation auch zu erklären." Sie stampfte mit den Füßen auf, und ihre Flügel fielen schmollend an ihre Seiten. Sie drehte sich zu E-Z und Rosalie um. "Die Welt muss aufgrund eines Fehlers unsererseits gerettet werden. Wollt ihr und die anderen uns helfen, die Situation zu bereinigen - ich meine, die Erde zu retten, oder nicht?"

Rosalie und E-Z tauschten Blicke aus.

"Mach du nur", sagte sie. "Ich bin mit allem einverstanden, was du beschließt."

E-Z hat nicht sofort geantwortet.

"Wenn Sie mir alles sagen, werde ich es den anderen mitteilen, und wir werden darüber abstimmen. Wir sind eine demokratische Gruppe."

"Wie lange wird das dauern?" Raphael spottete. "Und wie willst du zu mir zurückkommen? Soll ich vielleicht Rosalie hier als Gefangene halten, bis du es herausgefunden hast? Werden vierundzwanzig Stunden ausreichen?"

Rosalie sagte: "Es macht mir nichts aus, in diesem Zimmer zu bleiben. Es gibt viele Bücher zu lesen und ich kann alles bestellen, was ich will. Das ist viel interessanter und aufregender als im Heim zu sein."

E-Z nickte. Zu Rosalie sagte er: "Danke, und du hast recht, dieser Raum ist etwas ganz Besonderes. Du wirst hier sicher sein." Dann wandte er sich an

Raphael: "Rosalie wird nicht deine Gefangene sein, sie wird vielmehr dein Gast sein." Ein Buch flog aus dem Regal und landete in seiner Hand. Es war Harry Potter und die Kammer des Schreckens.

"Das würde ich gerne lesen", sagte Rosalie. Das Buch verließ E-Zs Hand und flog auf Rosalie zu. Sie fing es auf, öffnete es und begann sofort zu lesen.

"Rosalie wird unser Gast sein", sagte Raphael. "Vierundzwanzig Stunden also?"

"Vierundzwanzig Stunden", stimmte E-Z zu.

"Warte!", schrie eine Stimme. Eine Stimme ohne Körper. Eine Stimme, die widerhallte und widerhallte. Bis sich ein Buch aus einem Regal darüber löste. Es stürzte auf den Boden, bis seine Flügel nach vorne sprangen und es davor bewahrten, sich den Rücken zu brechen.

Raphael sah erschrocken aus, als sie die Stimme hörte. Sie wollte sich zurückziehen, aber etwas hielt sie zurück.

Rosalie und E-Z warteten und hörten zu.

"Raphael hat dir nicht alles erzählt", sagte die donnernde Stimme.

Es war, als würde die Luft mit jeder Silbe vibrieren, aber auf eine gute, freundliche und sanfte Weise, nicht auf eine beängstigende Art und Weise, als würde die Welt untergehen.

"Sag es uns", sagte E-Z.

"Ein bisschen leiser", schlug Rosalie vor. "Ich bin zwar alt, aber nicht taub, weißt du!"

"Entschuldigung", sagte die Stimme. Er räusperte sich. Dann flüsterte er: "E-Z Dickens, erinnerst du dich an die Wahlmöglichkeiten, die wir dir gegeben haben? Die zwei Möglichkeiten?"

E-Z konnte sich gut an sie erinnern. Einer sollte für immer im Silo bleiben. Die Erinnerungen an seine Familie in Dauerschleife. Die andere war, in sein Leben mit Onkel Sam zurückzukehren.

"Ja."

"Sagen Sie mir, woran Sie sich bei den Entscheidungen erinnern?", fragte die Stimme.

"Sie sagten, ich könne in dem Container bleiben und die Erinnerungen an meine Familie in einer Schleife wiedererleben oder zu meinem Leben mit Onkel Sam zurückkehren."

"Und der Seelenfänger? Was ist mit ihm?"

"Nichts", gab E-Z achselzuckend zu.

Die Stimme brüllte - als ob ihr das Sprechen jetzt Schmerzen bereiten würde. Die Regale wackelten, und Dinge sprangen wahllos in der Luft auf und ab. Zuerst war da eine riesige Gurke. Das grüne Objekt drehte sich im Uhrzeigersinn, dann gegen den Uhrzeigersinn und verschwand dann.

Dann erschien eine Spiegelkugel über ihnen. Sie veränderte ihre Farbe, während sie sich drehte. Als sie sich viel zu schnell drehte, befürchteten sie, sie würde auf sie herabstürzen. Sie gingen in Deckung, aber bevor sie es schafften, verschwand die Kugel.

Dann erschien der Kopf eines Clowns. Er schwebte vor ihnen und sagte: "Was ist schwarz und weiß und schwarz und weiß und schwarz und weiß und schwarz und weiß."

"Genug!", donnerte die Stimme.

"Es tut mir leid", sagte Raphael.

"Das solltest du auch!", bebte die erste Stimme. Dann sagte er leiser, sanfter, leiser: "E-Z und sein Team müssen über Seelenfänger Bescheid wissen - alles. Sonst werden sie die Komplexität des Bruchs nicht verstehen."

Die Stimme hielt einige Sekunden inne, dann fuhr sie fort: "Ein Seelenfänger fängt Seelen auf, wenn ein menschlicher Körper stirbt. Es ist eine nie endende Ruhestätte. Alle Menschen und alle Lebewesen haben Gefäße, in die sie gehen können. Das, was du Silo nennst, ist ein Seelenfänger. Eine Ruhestätte für alle Ewigkeit."

"Okay", sagte E-Z. "Also, was hat das mit dem Ende der Welt zu tun?"

"Ich möchte meinen Seelenfänger sehen", sagte Rosalie.

"Wenn du und deine Freunde nicht irgendetwas tun, wird niemand einen Seelenfänger haben. Wenn dein Körper stirbt, wirst du sterben. Das war's. Ende der Geschichte. Deine Seele und die Seelen aller anderen werden nirgendwo hingehen können, und wenn eine Seele nirgendwo hingehen kann, dann hat sie keinen Zweck mehr. Es gibt keinen Grund mehr für sie zu existieren. Und ohne Seelen sind die Menschen nur noch Fleischanzüge."

"Moment mal", sagte E-Z. "Willst du damit sagen, dass die Person, die für die Soul Catchers verantwortlich ist. Wie auch immer man sie nennt - CEO, Präsident, du verstehst das Wesentliche. Willst du damit sagen, dass sie kompromittiert wurde?"

Raphael öffnete den Mund, um zu antworten, aber E-Z hatte noch nicht zu Ende gesprochen.

"Wie funktioniert diese ganze Seelenfänger-Sache überhaupt? Ich wurde schon mehrmals in meinen gerufen, und ich bin noch nicht einmal TOT. Willst du damit sagen, dass diese, was auch immer sie sind, mich jetzt nach Lust und Laune in meinen Soul Catcher zwingen können?" Er zögerte: "Und was wissen Sie über Charles Dickens? Er kam in einem verspiegelten Behälter an, also nicht in einem Soul Catcher. Wie ist seine Seele von einem Ort zum anderen gekommen? Ist seine Wiederauferstehung euch Erzengeln zu verdanken?"

Raphael wartete, um zu sehen, ob er weitere Fragen hatte.

Das tat er.

"Und was ist mit meinen beiden besten Freunden PJ und Arden. Wie passen die da rein? Sie liegen beide im Koma. Ich möchte sie zurückholen. Wird es ihnen helfen, wenn du ihnen hilfst?"

Die Stimme in der Wand donnerte als Antwort.

"Niemand leitet Soul Catchers. Es ist nicht wie ein Unternehmen, das auf Profit aus ist. Wenn jemand stirbt, wird seine Seele eingefangen, und sie lebt in dem zugewiesenen Seelenfänger".

"Ich verstehe das nicht", sagte E-Z. Dann: "Moment mal, hat jemand oder etwas die Soul Catchers entführt? Und wenn die Antwort ja lautet, dann brauche ich unbedingt mehr Informationen darüber, wer das ist, bevor wir uns einmischen. Wenn ihr Erzengel sie nicht besiegen könnt, wie sollen wir es dann schaffen?"

Die Stimme in der Wand sagte zu Raphael: "Eriel hat sich geirrt, als er sagte, der Junge sei so dick wie ein Ziegelstein. Er hat es geschafft, mit einem Schlag. Gut gemacht, E-Z."

"Äh, danke, glaube ich", sagte er. "Aber was genau habe ich richtig gemacht?"

Die Stimme fuhr fort. "Drei Göttinnen haben tatsächlich die Seelenfänger gekapert."

E-Z öffnete den Mund, um etwas zu sagen, aber bevor er es tun konnte, sprach die Stimme erneut.

"Charles Dickens kam nicht in einem Seelenfänger, wie du vermutet hast. Blutsverwandte haben Kräfte über Zeit und Raum. Du hast ihn herbeigerufen. Er kam, um dir zu helfen."

"Ich habe ihn nicht herbeigerufen!" sagte E-Z.

"Und trotzdem ist er wieder da, er kennt deinen Namen und will dir helfen, stimmt's?"

E-Z nickte.

"Und zu deiner letzten Frage: Ja, das Leben deiner Freunde ist wegen der drei Göttinnen in Gefahr."

"Göttinnen?" wiederholte E-Z. "Wie in der griechischen Mythologie? Sind die echt? Ich dachte, diese Geschichten wären alle erfunden."

"Sie beruhen auf historischen Fakten", sagte Raphael.

"Wir können nicht gegen ein Team von mythologischen Göttinnen antreten!" rief E-Z aus. "Wir sind Kinder."

"Die Risiken sind viel größer, wenn Sie es nicht tun, denn wir haben niemanden, den wir um Hilfe bitten können. Es gibt keinen Batman, keinen Spiderman, keine Superhelden aus dem echten Leben. Die einzigen Helden seid ihr Kinder, könnt ihr helfen? Werdet ihr helfen? Wir wissen, wie wir dieses Problem lösen können: Wir brauchen Menschen vor Ort. Menschen mit Kräften können gewinnen. Ihr könnt diese Dinger besiegen. Diese Dinger. Zum einen könnt ihr sie SEHEN. Wir können das nicht", sagte Raphael.

"Ich weiß, dass ihr Hilfe braucht, aber ich kann mir nicht vorstellen, wie wir den Tag retten können - nicht gegen mächtige Göttinnen. Ja, wir haben Kräfte, aber womit genau haben wir es zu tun? Was wird man von uns erwarten? Was sind die Gefahren für uns? Ich meine, ihr seid bereits tot - wir sind es nicht. Wenn wir helfen - was sind die Risiken?"

Er zögerte, und als niemand etwas sagte, fuhr er fort.

"Wenn wir uns einig sind, kannst du meinen Onkel Sam, seine Frau Samantha und die Babys beschützen? Kannst du dafür sorgen, dass P.J. und Arden nicht tot in den Seelenfängern landen? Und was springt für uns dabei heraus? Immerhin würden wir unser Leben riskieren. Ihr seid keine Menschen, also habt ihr nichts zu verlieren!"

Rosalie warf ein: "E-Z, ich sehe nicht, dass du eine Wahl hast. Du hast recht, es wird Risiken geben und ich bin noch nicht tot - aber ich bin alt - also ist das Risiko für mich nicht so groß. Außerdem gefällt mir die Vorstellung, dass, wenn mein Leben endet, ein Seelenfänger auf mich wartet."

E-Z nickte. "Das verstehe ich. Der Gedanke, dass meine Eltern sich herumtreiben. Alleine. Obdachlos. Seelenfänger-los. Nun, es macht mich krank. Es macht mich so wütend, dass ich spucken möchte. Aber ich muss trotzdem mit den anderen reden", wiederholte E-Z und schlug seine Beine übereinander. Es fühlte sich so gut an, einfache Dinge wie das Übereinanderschlagen der Beine tun zu können.

Du entwickelst dich zu einem guten Redner, sagte Lia zu ihm in seinem Kopf.

"Äh, danke", antwortete er.

"Wie damals", sagte die Stimme. "Vierundzwanzig Stunden. In der Zwischenzeit wird Rosalie hier bei uns bleiben."

"Als Ihr Gast", betonte E-Z.

"Ich komme schon klar", sagte Rosalie. "Und ich bleibe in Kontakt, indem ich mit Lia plaudere. Lia und ich lieben es, zu plaudern."

Er nickte. Mit Lia, über Lia. E-Z war sich nicht sicher, was sie wussten und was nicht - aber er wollte ihnen nichts geben, was sie nicht schon hatten.

"Bis bald", sagte er und winkte zum Abschied.

Dann saß er wieder in seinem Rollstuhl. Er stand seinen Freunden Auge in Auge gegenüber. Aber wie sollte er es ihnen sagen? Wie konnte er es ihnen erklären?

Schließlich beschloss er, dass es am besten sei, mit der Wahrheit herauszurücken. Und genau das tat er auch.

KAPITEL 23
ÄNDERUNGEN

Obwohl die Nachricht von E-Z nicht das war, was sie erwartet hatten, hatten sowohl Alfred als auch Lia viel zu sagen.

"Die haben vielleicht Nerven!" rief Alfred aus. "Nach dem, was sie uns angetan haben. Ich meine, Versprechungen zu machen, die sie dann nicht einhalten und den Plan ändern. Ich für meinen Teil traue keinem von ihnen so weit, wie ich sie werfen kann."

"Das ist eine große Sache, und es geht um unsere Angehörigen, die gestorben sind", sagte E-Z.

"Wie das?" fragte Sam.

"Ich kenne die Einzelheiten nicht. Ich weiß nur, dass es um drei böse Göttinnen geht, deren Plan es ist, alle Seelenfänger zu entführen und zu kontrollieren."

"Das ist verrückt!" sagte Lia. "Warum sollten sie sie haben wollen? Warum sollten sie sich all die Mühe machen? Was springt für sie dabei heraus?"

"Moment", sagte E-Z. "Ich werde dir alles erzählen, was sie mir gesagt haben. Denken Sie daran, dass auch sie es nicht mit Sicherheit wissen.

"Wie auch immer, es geht los. Sie sind mythologische Göttinnen, die zurückgebracht wurden. Ihr Ziel ist es, die Seelenfänger zu kontrollieren - mit allen Mitteln.

"Und die Art und Weise, wie sie das tun, ist, Menschen zu töten. Menschen, die nicht sterben sollten! Und dann stecken sie sie in Seelenfänger, die sie gekapert haben. Von Menschen, die sie brauchen. So können ihre Seelen nirgendwo hin."

"Ich verstehe es immer noch nicht", sagte Lia.

"Sieh es doch mal so. Lia, du, Alfred und ich waren schon in unseren Seelenfängern. Nur wenige dürfen da rein, bevor sie tot sind. Ich meine, wer will das schon?"

"Einverstanden", sagte Alfred.

"Dito", sagte Lia.

"Aber was wäre, wenn ich dir jetzt sagen würde, dass dein Seelenfänger von jemand anderem gefüllt wurde - und somit nicht mehr dir gehört?"

"Die Menschen wissen nicht einmal, was Seelenfänger sind!" rief Alfred aus. "Die meisten denken, dass ihre Seelen in den Himmel kommen (oder, wenn sie schlecht sind, in die Hölle.) Wenn sie das wüssten, würden sie sich darüber aufregen. Aber das tun sie nicht."

"Ja, man kann nichts vermissen, von dem man nichts weiß", sagte Sam. "Und man kann auch nicht für etwas kämpfen, von dem man nichts weiß."

"Sie sagten mir, dass die Seelen meiner Eltern jetzt herumschweben könnten, obdachlos. Das hat mich schwer getroffen."

"Und genau deshalb haben sie es dir gesagt!" sagte Sam. "Das ist reine Manipulation."

"Nein, das ist emotionale Erpressung", sagte Alfred. "Aber ich verstehe, warum sie das gesagt haben. Wenn sie mir das Gleiche über meine Familie sagen würden, würde ich mich auch einmischen wollen. Ich will diese Göttinnen bekämpfen. Wenn ich ein Hitzkopf wäre, würde ich sofort aufgrund meiner Gefühle handeln. Aber wir müssen hier logisch vorgehen. Wir müssen einen kühlen Kopf bewahren."

"Wer sind diese Göttinnen überhaupt? Was wissen wir über sie?" fragte Lia.

"Und sind wir sicher, dass die Erzengel auf der richtigen Seite stehen?" erkundigte sich Sam.

"Sie sagten, dass dies durch einen Fehler ihrerseits verursacht wurde - aber sie sagten mir nicht genau, wie es passiert ist oder warum. Und sie waren nicht in der Stimmung, um Informationen gebeten zu werden - mehr als ich ihnen ohnehin schon entlocken konnte. Außerdem haben sie Rosalie, und uns bleibt nicht mehr viel Zeit, eine Entscheidung zu treffen.

"Genau", sagte Lia. "Aber wie können wir entscheiden, wenn wir nicht einmal wissen, womit wir es zu tun haben? Sie wissen, dass wir Kinder sind. Ja, jeder von uns hat einzigartige Kräfte - aber reichen die aus? Wenn die Erzengel selbst nicht mit dieser Situation umgehen können ... woher sollen sie dann wissen, dass wir es können?"

"Das kann ich nicht sagen. Ich habe sie gedrängt, mir mehr zu erzählen. Wenn die Stimme in der Wand nicht gewesen wäre, hätten sie mir nicht so viel erzählt, wie ich erfahren habe."

"Wie können sie es wagen, uns Informationen vorzuenthalten!" rief Alfred aus.

"Ich habe erklärt, was ich weiß. Es sind drei von ihnen. Es sind Göttinnen - mythologische Wesen, von denen ich dachte, sie seien nicht real."

"Wir können alles, was wir wissen müssen, um uns gegen sie zu wappnen, online herausfinden", sagte Sam. "Aber es wird einige Zeit dauern." Er zögerte. "Ich glaube allerdings nicht, dass wir viel Glück haben werden, wenn wir nach Informationen über Seelenfänger suchen."

"Ich habe es schon versucht und konnte nichts finden."

"Wann haben Sie zum ersten Mal von ihnen gehört?" erkundigte sich Sam.

"Die Stimme in der Wand hat angedeutet, dass ich schon einmal von ihnen gehört habe, aber jedes Mal, wenn ich versuche, mich zu erinnern, ist es, als ob eine Wand die Informationen blockiert."

"Wow! Genau das Gleiche passiert mir auch", sagte Lia. "Das ist so seltsam."

E-Z warf einen Blick auf die Uhrzeit auf seinem Handy. "Nun, ich habe euch allen viel zum Nachdenken gegeben. Wir haben bis morgen früh Zeit, um eine feste Entscheidung zu treffen ... aber ich glaube, wir haben keine andere Wahl, als zuzustimmen, ihnen zu helfen. Ich meine, wenn wir es nicht tun, wer dann?"

"Das habe ich auch gedacht", sagte Alfred. "Aber die Art und Weise, wie sie es gemacht haben, gefällt mir trotzdem nicht."

"Ich auch nicht", sagte Lia. "Ich gehe jetzt ins Bett. Gute Nacht zusammen. Wir sehen uns morgen früh." Sie schloss die Tür hinter sich.

"Brauchst du irgendetwas?" fragte Sam.

"Nein, ich habe alles. Gute Nacht, Onkel Sam."

"Nacht E-Z. Ich muss dir sagen, wie stolz ich auf dich bin und wie stolz deine Eltern sein würden."

"Danke."

"Und gute Nacht Alfred", sagte Sam, als er die Tür öffnete.

"Gute Nacht", sagte Alfred, dann legte er den Kopf unter seinen Flügel und schlief ein.

E-Z, der nicht schlafen konnte, starrte mit den Händen hinter dem Kopf an die Decke. Er machte ein paar Sit-ups, dann drehte er sich auf die Seite, in der Hoffnung, einzuschlafen. Stattdessen entdeckte er zwei Lichter, ein grünes und ein gelbes, die auf ihn zukamen.

"Bist du wach?" fragte Hadz.

"Nein", sagte E-Z schmunzelnd, als er sich aufsetzte.

"Wir dürfen nicht mit dir reden", sagte Reiki, "aber wir müssen mit dir reden, also musst du raten, was wir dir nicht sagen dürfen."

"Raten? Ernsthaft? Kannst du mir einen Tipp geben... du weißt schon, das Feld für mich eingrenzen, auch nur ein bisschen?"

Die Möchtegern-Engel flüsterten sich gegenseitig zu. Sie schienen sich nicht einig zu sein, denn Hadz flog auf die eine Seite des Raumes und Reiki auf die andere.

"K, ich gehe jetzt schlafen. Wenn du es herausgefunden hast, kannst du es mir morgen früh sagen."

Er nickte ein, dann wachte er auf. Er saß in seinem Stuhl und schwebte über den Himmel. Er schloss seinen Sicherheitsgurt. "Was zum?"

"Wir haben uns entschieden, da wir das Feld für Sie nicht eingrenzen konnten. Oder Ihnen zu sagen, was Sie wissen müssen. Um eine fundierte Entscheidung zu treffen ... dass wir stattdessen DICH ZEIGEN werden. Also, folgen Sie uns."

Während die Wolken vorbeizogen und die klare, aber kühle Nachtluft seine Lungen füllte, fühlte sich E-Z so lebendig wie schon lange nicht mehr. In gewisser Weise vermisste er es, zu den Prüfungen gerufen zu werden, um Menschen zu helfen und zu retten, die in Schwierigkeiten waren.

Seit er nicht mehr für die Eriel arbeitete, fühlte er sich nicht mehr wie ein Superheld. Er hatte zwar eine Katze gerettet, die in einem Baum feststeckte. Und er hatte verhindert, dass ein Baseball ein wertvolles Kirchenfenster zerschmetterte.

Aber die meiste Zeit des Tages dachte er an die Zukunft. Er plante, die High School so gut wie möglich abzuschließen, um ein Stipendium zu bekommen. Für das beste College oder die beste Universität, die er bekommen konnte.

Onkel Sam und Samantha planten für das neue Baby. Sie hielten geheim, ob das Baby ein Junge oder ein Mädchen war, und niemand durfte das neue Zimmer des Babys betreten. E-Z fand es seltsam, fünfzehn Jahre alt zu sein und bald ein Onkel zu sein, aber er freute sich darauf.

Und Lia machte sich gut in der Schule, sie passte sich an, obwohl sie in relativ kurzer Zeit von sieben auf zwölf Jahre in zwei Sprüngen gewachsen war. Was auch immer sie altern ließ, es schien aufgehört zu haben, und jetzt schien sie in PJ verknallt zu sein. Sie war definitiv erwachsen geworden, und er lächelte, als er daran dachte, wie herrisch sie geworden war. Das erinnerte ihn an Klein-Dorrit, das Einhorn. Sie hatten sie seit den Prüfungen nicht mehr gesehen. Vielleicht hatten die Erzengel sie geschickt, um Lia zu helfen, als sie alle miteinander verbunden waren. Und dann war da noch die Ankunft seines Cousins Charles Dickens. Und P.J. und Arden lagen im Koma - und niemand wusste, wie man sie da wieder herausholen konnte. Alfred beschäftigte sich im Haus. Seit seiner Ankunft brauchte Onkel Sam den Rasen nicht mehr so oft zu mähen.

Er erinnerte sich wieder an die beiden Versuche, in denen er Ähnlichkeiten gefunden hatte. Die eine mit dem Mädchen, das sich als eine Spielfigur aus mehreren Spielen verkleidet hatte. Der andere mit dem Jungen, der E-Z töten sollte, um das Leben seiner Familie zu retten. Sie waren miteinander verbunden. Eriel hatte Recht. Er musste nur herausfinden, was genau das bedeutete.

"Sind wir bald da?", fragte er, als er merkte, wie kalt es geworden war. Sie kamen schnell voran und näherten sich dem Death Valley National Park in der Mojave-Wüste. Es war Dezember, einer der kältesten Monate des Jahres für die nächtliche Wüste, und er wünschte sich, er hätte seinen Kapuzenpullover mitgenommen. Es war so dunkel, dass die Sterne eine Million Mal heller aussahen. Wie Augen am Himmel, zwischen denen kaum ein Fingerbreit Platz ist, so schien es.

Die Engel in Ausbildung antworteten nicht. Sie stiegen ein paar Meter ab und flogen dann mit voller Geschwindigkeit weiter.

"Großartig!", sagte er. "Sagen Sie mir Bescheid, wann wir landen werden. Ich wünschte, ich hätte ein Reisebüro, das mir sagt, was ich sehe."

"Benutzt euer Telefon", flüsterten Lia und Alfred. Dann waren sie still.

Sie flogen weiter, über das Badwater Basin, den tiefsten Punkt Nordamerikas. Es wurde so benannt, weil das Wasser schlecht ist - also ungenießbar, weil es zu salzig ist. Aber einige Wildtiere und Pflanzen können in diesem Gebiet gedeihen, z. B. Gurkenkraut, Insekten und Schnecken.

Sie fuhren tiefer in das Tal des Todes, während E-Z die Landschaft auf sich wirken ließ und versuchte, nicht daran zu denken, wie durstig er war.

"Sind wir schon da?", fragte er erneut, als ein schwarzer Vogel über seinen Kopf flog und eine Ladung Kacke fallen ließ, bevor er seinen Weg fortsetzte. "Willkommen im Tal des Todes", sagte er und wischte ihn mit dem Ärmel ab. Er eilte weiter, um Hadz und Reiki einzuholen.

KAPITEL 24
TODESTALLEY

"**B**eeilt euch!" sagten Hadz und Reiki. "Wir sind fast in Rhyolite."

Er drängte weiter und holte sie ein. "Und was genau ist in Rhyolite?"

"Ein wenig Hintergrund", sagte Hadz. "Es sei denn, Sie haben schon davon gehört?"

E-Z schüttelte den Kopf. In der Schule hatte er etwas über den Grand Canyon gelernt, vor allem darüber, wie er entstanden war.

Hadz fuhr fort: "Rhyolite war einst eine blühende Stadt während des Goldrausches im Jahr 1904. Es dauerte aber nicht lange, 1924 starb der letzte Einwohner und die Stadt wurde zu einer Geisterstadt."

"Was bedeutet das Wort Rhyolith?"

Reiki antwortete: "Es ist ein saures vulkanisches Gestein - die Lavaform des Granits. Es wurde 1860 von einem Geologen namens Ferdinand von Richthofen benannt. Sein Ursprung ist griechisch, von dem Wort rhyax, das einen Lavastrom bedeutet.

"Die Stadt hatte also einen großen Goldrausch und wurde nach einem Vulkangestein benannt?" Er zögerte. "Ich glaube, ich erinnere mich an etwas aus dem Unterricht über vulkanische Aktivitäten."

"Das ist richtig", sagte Hadz. "Sie stammen aus der Zeit vor zwei Millionen Jahren."

"Also, diese Lektion ist interessant und so - aber ich weiß immer noch nicht, warum wir nach Rhyolite fahren."

Reiki platzte heraus: "Weil es das Hauptquartier für die Abtrünnigen ist."

"Diejenigen, die um die Kontrolle über die Seelenfänger wetteifern."

"Wer genau sind sie, und wie können wir sie aufhalten? Mit wir - ich meine uns, die Drei. Denn Eriel und Raphael haben Rosalie in ihrer Gewalt, und nebenbei bemerkt, die Zeit läuft uns davon. Sie haben uns nur vierundzwanzig Stunden gegeben, um zu ihnen zurückzukehren."

"Pssst", sagte Hadz. "Sie haben ein außergewöhnliches Gehör, und der Wind könnte unsere Stimmen flüsternd zu ihnen zurücktragen. Von nun an werden wir nur noch mit unserem Verstand sprechen."

fragte E-Z, indem er seinen Verstand benutzte: "Was passiert, wenn sie wissen, dass wir hier sind? Ich meine, werden sie uns nicht sehen können?"

"Hadz und ich sind keine Menschen, also sind wir nicht auf ihrem Radar. Ihr aber seid es nicht, deshalb haben wir euch abgeschirmt."

"Großartig! Um mich herum ist ein unsichtbarer Schutzschild - das ist eine nützliche Information für mich."

In der Ferne konnte er die Schwarzen Berge sehen. "Ich wette, wenn die Sonne diese Berge aufheizt, kann man darauf ein Ei braten." Er zögerte: "Was ist mit dem Vogel, der auf mich gekackt hat? Könnten die Bösewichte ihn losgeschickt haben, um uns zu suchen?"

Hadz und Reiki schüttelten den Kopf. "Wir haben den Vogel gesehen. Es war ein Rabe - bekannt als Überbringer von Botschaften des Himmels."

"Okay, schon gut. Ich hätte nicht gedacht, dass es wie ein Rabe aussieht. Sag mir, was es ist, das die Seelenfänger entführt hat und was wir tun müssen, um sie zu besiegen." Er zögerte: "Und was das mit der Reinkarnation von Charles Dickens als kleiner Junge zu tun hat." Er zögerte wieder. "Und wird Lia transportiert werden? Wird das Einhorn Little Dorrit zurückkehren, wenn wir zustimmen, dir zu helfen?" Das war eine Menge Gerede. Er war durstig und wünschte, er hätte eine Flasche Wasser mitgebracht.

POP.

Einer erschien. Er trank ihn aus, nachdem er niemandem "Danke" gesagt hatte.

Reiki fragte: "Hast du jemals von Erinyes gehört?"

E-Z schüttelte den Kopf.

"Auch bekannt als die Furien", sagte Hadz.

"Ich habe keine Ahnung, was beides ist... aber ich habe eine vage Erinnerung an etwas aus einem Spiel vielleicht?"

"Sie sind unter dem Namen Rachegöttinnen bekannt."

"Erzähl mir mehr. An wem wollen sie sich rächen?"

"Die gesamte menschliche Rasse!" Hadz schnaubte.

"Meine Freunde und ich haben vorhin darüber gesprochen. Die meisten Menschen wissen nichts von Seelenfängern. Die meisten glauben, dass wir Seelen haben. Seelen, die entweder in den Himmel oder in die Hölle kommen - je nachdem, welche Entscheidungen wir in unserem Leben treffen."

"Ja, wir sind uns dessen bewusst", sagte Hadz.

"Dann sag es mir", fragte E-Z. "Wo ist Gott in all dem? Gott oder Jesus, Allah, Buddha ... wie auch immer du ihn nennst. Wo ist er?"

Hadz und Reiki starrten vor sich hin, ohne zu antworten.

"Okay, ich verstehe, dass Sie diese Frage nicht beantworten können. Beantworte mir stattdessen diese. Warum bestrafen die Göttinnen die Menschen mit etwas, von dem sie nicht einmal etwas wissen? Ich verstehe, dass sie böse sind, aber es klingt trotzdem lächerlich."

"Die Kinder", sagte Hadz.

"Sie bestrafen die Unbestraften. Aber..."

"Ah, ich habe auf ein Aber gewartet... Mach weiter."

"Die Furien missbrauchen ihre Macht. Überschreiten die Grenzen. Sie haben es auf

Unschuldige abgesehen. Unschuldige Kinder, die ein Spiel spielen."

"Warte, meinst du, dass Kinder, die Spiele spielen, für Dinge bestraft werden, die sie im Spiel tun? Aber ein Spiel ist doch nicht real! Wie können sie im echten Leben für etwas bestraft werden, das nicht real ist?"

"Ich weiß das, und du weißt das, aber für die Furien ist das alles dasselbe. Wenn man in einem Spiel jemanden töten will, durchläuft man denselben Gedankenprozess wie ein Mörder. Man plant es, hat die Absicht zu töten und zieht es dann durch. In einigen Fällen handelt es sich um Massenmorde. Und ja, sie sind unschuldig, und sie werden gebeten, diese Dinge zu tun, um im Spiel weiterzukommen. Für die Furien sind die Kinder die Unbestraften und sie sind Freiwild, wenn sie sich im Spiel befinden."

"Moment mal!" rief E-Z aus. "Was genau willst du damit sagen? Ich glaube, ich verstehe, was die Seelenfänger damit zu tun haben, aber die Idee ist so böse ... dass ich sie nicht einmal denken, geschweige denn aussprechen möchte."

"Die Furien nehmen Rache an den Spielern. Diejenigen, die in ihrem Herzen gesündigt haben", sagte Reiki. "Sie sind nicht zum Sterben bestimmt! Ihre Seelenfänger sind nicht bereit, ihre Seelen aufzunehmen und so..."

"Sie können nirgendwo hin", sagte Hadz.

"Und die Furien sammeln sie hier, indem sie ihren eigenen Stamm von Seelen erschaffen. Sie lagern die Seelen der Kinder in gestohlenen Seelenfängern."

"Das schafft Chaos", sagte Hadz.

"Also müsst ihr Kinder helfen."

"Moment mal!" sagte E-Z. "Wartet einen verdammten Moment!"

KAPITEL 25
VIER AUGEN

"Oh, oh", rief Hadz, als sich eine dunkle Wolke schnell über den Himmel bewegte und auf sie zusteuerte.

"Sie können den Schutzschild nicht durchdrungen haben!" rief Reiki aus.

E-Z warf einen Blick über seine Schulter. Was er sah, war ein schwarzes Etwas, das keine Wolke war. Denn es war schlangenförmig. Mit einer gegabelten Zunge leckte es die Luft. Anstelle von zwei Augen hatte es zahlreiche Augen. Zu viele, um sie zu zählen. Von jedem tropfte Blut herunter. Blut und dampfender gelber Eiter.

Die Zunge des Dings bewegte sich von rechts nach links. Es gab ein peitschendes Geräusch von sich, während seine Kiefer auf- und zuschnappten. Und aus seiner Kehle ertönte ein knorriges Geräusch, das zwischen einem Kreischen und einem Summen wechselte.

Mit dem Wind im Rücken erfüllte ein übler Gestank die Luft und erreichte bald die Nasenlöcher von E-Z, Hadz und Reiki.

Der Geruch war äußerst übel. Schlimmer als Schwefel. Oder faule Eier. Ekelerregender als septische Flüssigkeit und verrottende Leichen zusammen.

Das Trio bewegte sich weiter nach oben, so dass sie über einen Grat sehen konnten, den sie vorher nicht bemerkt hatten. Dahinter befanden sich silberne Behälter. Seelenfänger. So weit das Auge reichte.

"So viele! Sind die alle mit Kindern gefüllt? Oh, nein!" sagte E-Z mit nasalem Ton, da er sich immer noch die Nase zuhielt. Obwohl er den Gestank immer noch riechen konnte.

PTOOEY.

Sie wichen einem Sprühnebel aus gelbem, klebrigem Eiter aus.

"Was zum Teufel ist das?" rief E-Z aus.

Darunter war ein riesiger Augapfel zu sehen. Er war geschlossen worden. Verkleidet.

PTOOEY. PTOOEY. PTOOEY.

"Oh nein!" rief E-Z aus. "Augenpopel!"

Er schoss auf sie zu und versprühte seine heiße, klebrige Flüssigkeit.

"Halt dich fest!" riefen Hadz und Reiki.

Jeder griff nach einem von E-Zs Ohren.

"Ahhhh!", schrie er.

PTOOEY.

E-Z ist dem Popel ausgewichen, aber er hätte fast seinen Rollstuhl getroffen.

FIZZLE.

POP.

POP.

E-Z lag wieder in seinem Bett. Schweißperlen tropften ihm von der Stirn.

Währenddessen schnarchte Alfred am Ende des Bettes weiter vor sich hin.

"Das war ein bisschen zu knapp für den Komfort!" sagte E-Z. "Haben sie den Schutzschild durchdrungen? Haben sie uns gesehen? Wissen sie, wer ich bin, wo ich wohne?"

"Nein, wir sind da rausgekommen, bevor sie durchkamen", sagte Reiki.

"Vielleicht ist das eine dumme Frage, aber warum haben Sie uns nicht gleich per POP da rein und wieder raus gebracht. Anstatt sich die Zeit zu nehmen, den ganzen Weg dorthin zu fliegen - und unser Leben in Gefahr zu bringen?"

"Wir mussten es Ihnen zeigen."

"Vor der Schlacht... Wie nennt man das..."

"Du meinst auskundschaften?" fragte E-Z.

"Ja, das ist richtig. Wir mussten es dir zeigen. Du musstest es sehen, mit deinen eigenen Augen. Alles. Womit ihr es zu tun habt", sagte Hadz.

"Wir dachten uns, dass das, was Sie lernen würden, das Risiko wert wäre."

"Ich denke, die Zeit wird es zeigen", sagte E-Z.

"Tut mir leid, wenn wir zu weit gegangen sind", sagte Hadz.

"Wir haben wirklich nur Ihr Bestes im Sinn."

"Ich weiß, dass du das getan hast. Und ich bin froh, dass ich die Seelenfänger gesehen habe. Wie viele es waren - das hat mich wirklich schockiert."

"Ja, es hat uns auch schockiert. Und du kannst sicher sein, dass es auch die Erzengel schockiert hat. Als sie es zum ersten Mal sahen."

"Das hättest du nicht sagen sollen", sagte Reiki.

POP.

Hadz ist verschwunden.

"Ach, das ist schon in Ordnung", sagte E-Z.

"Macht nichts."

"Ich verstehe immer noch nicht, was die Furien damit bezwecken? Was ist ihr Endspiel? Hat das schon jemand herausgefunden?"

"Jeden Tag kommen mehr hinzu. Mehr Kinder spielen Spiele und werden in ihr Netz hineingezogen."

"Aber warum gibt es keinen öffentlichen Aufschrei? Sollten wir das nicht den führenden Politikern der Welt, den Präsidenten und Premierministern mitteilen? Gibt es denn nichts, was sie tun könnten?"

"Überlegen Sie mal, was wäre das Erste, was sie tun würden? Sie würden die Armee losschicken. Noch mehr Menschen würden sterben. Noch mehr Seelenfänger, die vor ihrer Zeit gebraucht werden.

"Nach dem, was wir beobachtet haben, ist das Spielen ein weltweites Phänomen. Die bösen Schwestern nehmen die Seelen ahnungsloser Kinder."

"Aber die meisten Anführer haben ihre eigenen Kinder", sagte E-Z. "Wenn sie es wüssten, würden sie sicher ihre Kinder und auch andere Kinder beschützen wollen."

"Die Furien würden sich eher auf ihre Kinder stürzen. Es wäre, als würde man ihnen einen Stock vor die Nase halten", sagte Reiki.

POP.

Hadz war zurück.

"Sie würden es lieben, wenn sie die großen und mächtigen Kinder vernichten könnten. Im Moment scheinen sie das zufällig zu tun - im Spiel ausgewählt", sagte Reiki.

"Erzählen Sie mir mehr von dem, was Sie über sie wissen." fragte E-Z.

Hadz flüsterte: "Ihre Namen sind Allie, Meg und Tisi. Allie ist für die Wut, Meg für die Eifersucht und Tisi ist als Rächerin bekannt."

"Okay, also, warum riechen sie so schlecht? Und wie können die drei besiegt werden?" fragte E-Z und schaute auf seine Uhr. Es war kurz vor 8 Uhr morgens. Er musste mit dem Rest der Bande sprechen, um Rosalie zurückzubekommen. Wie sollte er ihnen von diesem schrecklichen Trio und all den Kindern in diesen Seelenfängern erzählen?

"Die Legende besagt, dass sie in der Vergangenheit für ihre Arbeit bestraft wurden. Jetzt haben sie dieses Schlupfloch mit der virtuellen Realität gefunden, einer neuartigen menschlichen Erfindung." Hadz zögerte.

"Warum wollen die Menschen ihr Leben nie im

Jetzt leben? Warum müssen sie fliehen und dumme Spiele spielen, die ihr Leben in Gefahr bringen?" Der Möchtegern-Engel lief rot an und war sehr verärgert."

Reiki versuchte, seinen Freund zu trösten, indem er sagte: "Sie wissen nicht, was sie tun".

"Unwissenheit ist keine Entschuldigung", sagte E-Z. "Wir müssen sie dorthin zurückschicken, wo sie waren, bevor die VR erfunden wurde. Und wir müssen ihnen die Seelen der Kinder zurückgeben, die sie unter falschem Vorwand entführt haben. Die Frage ist nur: WIE sollen wir sie davon überzeugen, dass sie Unrecht tun? Dass sie Leben stehlen und Menschen für Gedanken und nicht für Taten bestrafen?

"Jetzt, wo ich einen Blick auf die Furien geworfen habe, weiß ich, dass wir dir mehr denn je helfen müssen. Aber ich muss die anderen noch überzeugen. Selbst wenn sie zustimmen, kämpfen wir immer noch gegen alle Widrigkeiten. Ich will positiv sein. Sagen, dass wir der Aufgabe gewachsen sind. Aber wir werden es nicht sicher wissen, bis die Zeit zum Kämpfen gekommen ist."

Er schlug auf sein Kopfkissen und hielt es auf seinem Schoß. "Moment mal, sind sie gestorben? Ich meine, sind die Furien vor ihren eigenen Seelenfängern geflohen? Und wenn ja, wie? Wer hat ihnen geholfen, zu entkommen?"

Hadz sah Reiki an und Reiki sah Hadz an.

POP.

POP.

Sie waren weg.

"Großartig!" sagte E-Z. "Einfach verdammt fantastisch!"

KAPITEL 26
BALANCE

Obwohl er versuchte zu schlafen, konnte E-Z nicht. Er dachte ständig nach und stellte sich Fragen. Fragen, die er nicht beantworten konnte.

Also stieg er aus dem Bett, klickte sich an seinen Computer und recherchierte ein wenig.

Schon bald wurde er fündig. Als er eine Verbindung zwischen den Furien und den drei Grazien fand. Sie schienen wie das Yin und Yang des anderen zu sein. Das eine gut, das andere böse. Er fragte sich, ob sie diese Information zu ihrem Vorteil nutzen könnten. Wenn böse Göttinnen auf die Erde gebracht werden konnten, konnten dann auch gute Göttinnen zurückgerufen werden?

Erstens, bevor er den Erzengeln vorschlug, sie zurückzubringen - vorausgesetzt, sie könnten es tun. Er wollte genau wissen, was die Grazien mitbringen würden.

Ja, sie waren Göttinnen. Die Töchter des Zeus, der Gott des Himmels war. Ihre Kräfte waren auf Charme,

Schönheit und Kreativität gerichtet. Er las weiter, konnte aber nicht erkennen, wie sie eine große Hilfe gegen die Furien sein sollten.

Dennoch hatte er etwas Zeit und las weiter. Er las einige Texte, die Nietzsche zugeschrieben wurden. Seine Theorien über Gut und Böse wurden immer noch in Foren diskutiert und debattiert.

Dann tauchte eine Erinnerung in seinem Kopf auf. Es passierte immer seltener, dass Erinnerungen an seine Eltern in ihm auftauchten. Er hoffte, sie würden nie aufhören.

Das hier war ein Gespräch mit seinem Vater. Über das dritte Newtonsche Gesetz. Sie waren mit einem Boot unterwegs und angelten.

"So bewegt sich ein Fisch durch das Wasser", erklärte sein Vater.

Seitdem hatte er in der Schule mehr darüber gelernt. Er dachte, dass Newton und Nietzsche ziemlich interessante Gespräche geführt hätten. Aber ihre Leben lagen Tausende von Jahren auseinander.

Dann wurde es ihm klar. Er, Lia und Alfred waren das genaue Gegenteil von den Furien.

Wussten die Erzengel das bereits? Schien es ihnen deshalb so wichtig, dass nur er und sein Team die Furien besiegen konnten?

Die Frage, die ihm immer wieder durch den Kopf ging, war jedoch - konnten sie gewinnen?

War es überhaupt möglich, die Furien aufzuhalten?

Er musste das mit den anderen besprechen.

Er schaltete seinen Computer aus und ging zurück, um noch ein wenig zu schlafen, bevor der andere aufwachte.

Alle erwarteten von ihm, dass er alle Antworten hatte. Er hatte sie nicht, aber er tat sein Bestes. Seit er Leiter ist, ist das Leben so.

KAPITEL 27
ROTES ZIMMER

E-Z war in einem roten Raum. Ein Raum, der nach Blut roch. Der starke Eisengeruch schmerzte in seiner Nase, und er bedeckte sie mit der Hand, dann ging er ein paar Schritte vorwärts. Seine Schritte hinterließen Spuren auf dem blutigen Boden. Wo befand er sich? In der Hölle? Wenigstens hatte er die Möglichkeit, hierher zu laufen, aber wohin? Es gab keine Türen. Keine Fenster. Keinerlei Licht, und doch konnte er sehen, dass alles rot war. Und nass.

Er nahm sein Handy heraus und klickte auf die Taschenlampen-App. Mit dem Strahl der Taschenlampe verfolgte er die Wände um ihn herum. Sie sahen alle gleich aus. Blutig und tropfend. Und stinkend. Er wartete. Um Hilfe zu rufen, erschien ihm nicht besonders klug zu sein. Vielleicht wäre es besser, wenn das, was ihn an diesen Ort gebracht hatte, ihm nicht begegnet wäre. Er würde ihnen lieber nicht begegnen. Der Lichtstrahl der Taschenlampe erlosch und sein Telefon war tot. Aus Angst, sich zu bewegen, stand er ganz still und lauschte.

Ein Krabbeln, etwas. Es krabbelt über den Boden. Einer kommt rechts die Wand herunter, ein anderer links. Drei. Schlangen.

Dann veränderte sich die Luft im Raum, und ein vertrauter Geruch kam auf. Verwesend. Eifrig. Schweflig. Verrottendes Kadaverfleisch.

Er hielt sich die Nase zu. Wie zuvor konnte er den ekelhaften Gestank nicht überdecken.

Er wartete.

Also wollten sie ihn allein. Sie hatten ihn. Er würde dafür sorgen, dass sie es bereuten, und wenn es das Letzte war, was er je tat.

"Wir könnten dich zum Frühstück essen", schrie Tisi.

"Oder Mittagessen", sagte Alli. "Ich bin nämlich ein bisschen hungrig."

"Oder Nachmittagstee, da ist nicht viel von ihm. Nicht für drei von uns", sagte Meg.

E-Z konzentrierte sich mit jeder Faser seines Seins auf seine Flügel. Sie waren seine einzige Hoffnung zu entkommen und sie waren nutzlos.

"Schau!" Meg kreischte. "Er versucht, seine klitzekleinen Flügelchen zu benutzen."

Tisi und Alli richteten sich auf. Meg schloss sich ihnen an, als sie gerade außerhalb seiner Reichweite schwebten.

Unter seinen Füßen bebte und polterte der Boden. Als würde er sich auftun und ihn verschlucken. Er wich zurück, um sich an der Wand abzustützen. Doch als er sie berührte, fühlte sich sein Hemd nass an. Und als er seine Hand darauf legte, kam sie blutverschmiert zurück.

"Ich habe keine Angst vor euch drei Schlampen!", schrie er.

"Vielleicht hast du keine Angst vor uns - noch nicht -" kreischte Meg.

"Aber du wirst es sehr bald sein", zischte Tisi.

"Fürs Erste kannst du dich um die drei kümmern", flüsterte Meg, deren fauliger Atem ihn fast zum Erbrechen brachte.

Die drei Schlangen sprangen auf ihn zu und nutzten die Höhe als Hebel. Ihre gespaltenen Zungen zischten und spuckten. Dann begannen sie, sich umeinander zu wickeln. Sie verbanden sich, verschlangen sich. Bis sie zu einer einzigen riesigen Schlange wurden, mit drei Köpfen und drei Peitschen. Peitschen, die in E-Zs Richtung schnappten, um ihn festzuhalten.

Er drängte sich weiter zurück. Das plätschernde Blut hinter sich zu hören, gab ihm irgendwie Trost. Sein Körper entspannte sich, als er mit dem Rücken in die Ecke gegen die blutige, tropfende Wand sank.

"Sieh ihn dir an", sagte Tisi. "Er ist nur ein Junge und er hat niemandem etwas getan. Er ist sogar so gutmütig, dass es eine Schande ist, dass wir ihn vernichten müssen."

"Ja, sein Herz ist rein", sagte Meg. "Aber er hat einen schwarzen Fleck in seinem Herzen. Einen Fleck der Rache, die er an denen üben möchte, die für den Tod seiner Eltern verantwortlich sind."

"Sprich nicht über meine Eltern!" schrie E-Z und drückte sich weiter an die blutige Wand. Er hatte Angst. Er fürchtete, dass das, was sie sagten, wahr war. Er schloss seine Augen. Wenn er sie nicht sehen konnte, dann würden sie vielleicht verschwinden. Dann gab etwas hinter ihm nach. Und er fiel in den freien Fall, rückwärts. Taumelnd. Stürzte.

THUMP

Er landete in seinem Rollstuhl, und schon flogen sie los.

Zurück im Roten Saal waren die Furien wütend!

"Verfolgt ihn!" rief Tisi.

"Schnappt ihn!" rief Meg.

"Es ist zu spät!" sagte Alli. "Es ist, als wäre er verschwunden!"

"Lass uns zurück ins Tal des Todes gehen", sagte Meg. Sie gingen und ließen das Rote Zimmer leer. Aber ihr Gestank war immer noch zu riechen.

DUMP.

"Du blutest", sagte Sam. "Bringen wir ihn ins Bad. Dann können wir sehen, wie schwer er verletzt ist." Sam schob den Rollstuhl zur Tür.

"Nein, halt!" sagte E-Z. "Mir geht es gut. Das Blut ist nicht von mir. Aber ich muss mich sauber machen. Um den Gestank abzuwaschen. Dann werde ich erklären, was passiert ist. Ich verspreche es."

"Solange du sicher bist, dass es dir gut geht", sagte Sam.

Nachdem er gegangen war, wussten Sam, Lia und Alfred nicht, was sie einander sagen sollten. Sie warteten schweigend auf seine Rückkehr.

Im Badezimmer stellte E-Z seinen Rollstuhl auf die Rampe. Als das Haus umgebaut wurde, erfand Onkel Sam eine neue Dusche für ihn. Das gab ihm mehr Unabhängigkeit. Und es machte Spaß! Ähnlich wie bei einer Autowäsche.

Er griff nach oben und steckte seine Arme und seinen Hals durch die Gurte. Er drückte einen Knopf, damit er sich vorwärts bewegte und sein Stuhl ihm folgte. Sofort begann das Wasser zu fließen. Es reinigte seinen Körper und seine Kleidung gleichzeitig. Ab und zu spritzte Duschgel oder Shampoo heraus, gefolgt von Wasser, um es wegzuspülen.

Nun, da er sauber war, ging er weiter nach vorne und setzte den Trocknungsmechanismus in Gang. Er trocknete ihn und seine Kleidung und machte sie in wenigen Minuten faltenfrei.

Als er das Ende erreichte, löste er sich von den Gurten und ließ sich in seinen Stuhl fallen. Er begutachtete sich im Spiegel. Sein Haar sah schon so gut aus, dass er es nicht einmal mehr kämmen musste. Er machte sich auf den Weg zurück in sein Zimmer. Als er seine Freunde sah, drehte sich sein Magen um, und er musste sich übergeben.

"Es tut mir leid", sagte er. "Es tut mir so leid."

Lia und Alfred legten ihre Arme um ihn. Sie machten sich keine Sorgen wegen des Erbrochenen. Treue Freunde kümmern sich nicht um solche Dinge.

Sam holte eine Schüssel und etwas Wasser, um seinen Neffen zu säubern.

E-Z war dankbar für die Hilfe, denn so hatte er Zeit, darüber nachzudenken, was er sagen wollte und wie er es sagen wollte.

"Danke, Onkel Sam. Äh, was ich dir zu sagen habe. Es ist nicht schön."

"Mach weiter", sagte Alfred.

"Wir sind für dich da", sagte Lia.

"Setz dich, Onkel Sam."

Sie haben alles aufgelistet, ohne ein Wort zu sagen.

"Ich bin dabei", sagte Alfred.

"Ich auch", sagte Lia.

"Ich drei", sagte Sam.

"Einverstanden", sagte E-Z. Und eine Sekunde später war er auf dem Weg zurück in den weißen Raum. Oder zumindest hoffte er, dass er dorthin gehen würde.

Jeder Ort war besser als der rote Raum. Überhaupt irgendwo.

KAPITEL 28
DAS WEISSE ZIMMER

Der weiße Raum wirkte irgendwie anders, als seine Füße den Boden berührten.

E-Z fühlte sich so glücklich, wieder in der Behaglichkeit des weißen Raumes zu sein. Wo er herumlaufen konnte. Die Bücher anfassen. Die Bücher riechen. Aber etwas fühlte sich seltsam an. Aus.

Er beruhigte sich. Er bemerkte, dass seine Hände zitterten. Seine Knie zitterten. Jetzt klapperten seine Zähne.

Er schlang die Arme um sich und wünschte, er hätte seine Jacke mitgebracht. Er wartete, in der Erwartung, dass eine kommen würde. Sie kam nicht.

"Was ist das für ein Ort?", fragte er.

Keine Antwort.

"Cheeseburger mit Pommes", sagte er.

Nichts.

"Chop Suey, mit Frühlingsrolle", sagte er mit mehr Autorität.

"Ich will wissen, wo ich bin!", rief er.

Nichts.

Nadda.

"Rosalie?", rief er. "Bist du da? Eriel? Raphael? Ist da jemand? Hadz? Reiki?"

Wieder nichts.

Nicht einmal ein höfliches PFFT, damit er sich entspannt.

Die Vertrautheit der Bücher war der einzige Anker, der ihn an diesem Ort hielt. Er machte sich auf den Weg zur Leiter, schob sie unter die Ds. In der Erwartung, Charles Dickens zu finden, begann er zu klettern. Stattdessen stellte er fest, dass jedes einzelne Buch, das er anfasste, etwas mit der Spielewelt zu tun hatte.

Was zum?

Und keines der Bücher hatte Flügel. Sie waren alle brandneu. Als hätte sie noch nie jemand geöffnet.

Er fiel fast von der Leiter, als eine Stimme sagte,

"E-Z Dickens - das ist nicht der weiße Raum, den Sie kennen. Es ist eine Replik. Du wurdest hierher geschickt, um zu recherchieren. Jedes Buch, das Sie benötigen, steht Ihnen zur Verfügung. Jedes Buch muss vollständig gelesen und überprüft werden."

"Ich kann nicht alle diese Bücher schnell lesen; ich würde Jahre brauchen, um alle diese Bücher durchzuarbeiten!"

"Deshalb wird dir eine zusätzliche Kraft verliehen. Eine Macht, die sich nur innerhalb der Mauern dieses

Raumes entfalten wird. Lies jetzt. Schnell. Wütend. Präge dir alles ein."

Als diese Stimme verstummte, begann eine andere,

"Zehn, neun, acht, sieben, sechs, fünf, vier, drei, zwei, eins. Jetzt lies E-Z Dickens. Mach schon."

E-Z blätterte jedes einzelne Buch durch.

Als er mit einer fertig war, fiel ihm sofort eine weitere in die Hände. Dann noch eine, und noch eine.

Er las sie alle, bis er nicht mehr lesen konnte.

Er hoffte, dass sein Kopf nicht explodieren würde!

Dann ließ er sich gegen die Wand fallen, drückte sich mit dem Rücken in eine Ecke und weinte, während sich in seinem Kopf ein Plan formte.

Die Idee kam ihm, als er an PJ und Arden dachte. Warum hatten die Furien sie ins Koma versetzt und nicht in die Seelenfänger? Sie waren im Spiel - sie spielten die ganze Zeit Spiele, warum sollten sie nicht getötet werden?

Der Plan sah folgendermaßen aus: Er und sein Team würden ihr eigenes Multiplayer-Spiel erfinden. Sam würde Leute kennen, die in der Branche helfen könnten. Wenn die Furien auftauchten, um ihre Seelen zu holen, würden sie sie zur Strecke bringen.

Er wünschte, Arden und PJ wären da, um mit ihm zu spielen - denn sie würden ihm den Rücken stärken. Das war in Ordnung, er hielt ihnen den Rücken frei. Er würde sie retten und sie befreien.

Er schritt hin und her und dachte über alles nach. Ein Aspekt würde nicht funktionieren. Wenn er ihn in ein Spiel verwickelte und sich weigerte, ihn zu töten, würden sie ihm auf die Spur kommen. Und es könnte andere in Gefahr bringen.

Es ist nicht so, dass er allen Spielern auf der Welt sagen könnte, sie sollen aufhören zu spielen. Wenn er ihnen die Wahrheit über die drei Göttinnen sagen würde, die versuchen, ihre Seelen zu stehlen, würden sie ihn einsperren.

Doch es war die einzige Idee. Der einzige klare Weg, den er sah, um die Furien in ihrem eigenen Spiel zu schlagen.

Resigniert, weil ihm nichts Besseres einfiel, sagte er: "Holt mich da raus".

Und schon war er mit Rosalie und Raphael allein in dem echten weißen Raum. Er fragte sich, wo Eriel war, nicht dass er ihn vermisste.

"Okay, ich habe eine Idee. Eine Art von Plan", sagte er. "Aber ich bin mir nicht sicher, ob er funktionieren wird. Ich brauche die Antworten auf zwei Fragen. Und ich habe eine Bitte für eine dritte - die Bitte ist nicht verhandelbar."

"Fragen Sie ruhig", sagte Raphael.

"Erstens: Werde ich meine besten Freunde PJ und Arden retten können, wenn wir den Furien gegenüberstehen?"

Raphael zögerte, bevor er sprach. "Wenn du Erfolg hast, gibt es keinen Grund, warum deine Freunde nicht gerettet werden sollten."

"Hand aufs Herz", sagte er.

Das hat sie getan.

"Wie ich vermutet habe, ist ihr Zustand auf die Furien zurückzuführen. Ist das richtig?"

"Ja, wir glauben, dass es wahr ist. Deine Freunde haben in gewisser Weise Glück, denn ihre Seelen bleiben unversehrt. Was wir nicht herausfinden können, ist, warum, nämlich wenn sie von den Furien angegriffen wurden. In allen anderen Fällen, von denen wir wissen, haben sie die Seelen von Kindern gestohlen. Wir kennen keine anderen, die wie deine Freunde in einem komatösen Zustand am Leben geblieben sind."

"Dazu habe ich auch eine Idee, aber ich muss wissen, was mit PJ und Arden passiert, wenn die Furien besiegt sind? Was wird mit all den Kindern geschehen, deren Seelen bereits in Seelenfängern sind? Sie sollten doch nicht sterben. Und was wird mit den heimatlosen Seelen geschehen?"

"Im Moment nutzen die Furien die Macht des Internets. Es verschafft ihnen Zugang zu den Herzen und den Häusern aller Menschen auf diesem Planeten. Es ist, als ob ihr alle eure Türen und Fenster offen gelassen hättet - so dass jeder eindringen kann. Es gibt zwar nur drei der Furien - aber ihre Macht ist groß. Sie sind Fabelwesen, Göttinnen, deren Ursprünge auf Zeus zurückgehen. Ihr habt doch von Zeus gehört, oder?"

"Ich habe gelesen, dass er der Gott des Himmels und der Vater der drei Grazien ist. Könnten sie uns helfen, wenn du sie zurückholst?"

"Zeus hat damit nichts zu tun. Und seine Töchter auch nicht. Wir Erzengel spielen nicht mit der Zeit. Und wir haben immer geglaubt, dass Seelenfänger heilig sind. Unantastbar. Bis jetzt."

"Toll, du glaubst also, dass meine Freunde von den Furien angegriffen wurden, aber du bist dir nicht sicher. Genauso wenig wie ich, oder?"

"Richtig. Das liegt daran, dass ich nicht hundertprozentig ja oder nein sagen kann. Wenn deine Freunde Spiele spielen würden. Ich meine, im Rahmen der Spiele töten... Dann würden sie die Kriterien der Furien erfüllen.

"Aber wenn sie sie tot sehen wollten, wären sie bereits tot. Es sei denn... Nein, das würde keinen Sinn ergeben. Es würde bedeuten, dass sie über dich und dein Team Bescheid wissen. Es gibt keine Möglichkeit, dass sie es wissen. Wir haben es unter Verschluss gehalten. Wenn sie es wüssten, dann würden sie deine Freunde am Leben lassen, falls sie ein Druckmittel brauchen."

"Sie meinen, als Verhandlungsmasse?"

"Möglicherweise, um ehrlich zu sein, weiß ich es nicht. Wie ich schon sagte, haben wir alles über Sie und Ihr Team unter Verschluss gehalten. Wir, auch ich und die anderen Erzengel, würden alles tun, um Sie zu schützen.

"Den Furien sind im Laufe der Jahrhunderte Kräfte verliehen worden. Aber sie haben es nie auf unschuldige Kinder abgesehen. Sie haben nie ihre Agenda für ihre eigenen Zwecke verdreht."

"Was sind ihre Ziele?" fragte E-Z.

"Das wissen wir nicht."

E-Z sagte: "Deshalb müssen wir die besten Chancen haben, um gegen sie zu gewinnen."

"Genau, aber jeden Tag stehlen sie mehr Kinderseelen, und sie beschleunigen den Prozess."

"Um wie viel schneller?" fragte E-Z.

"Wir denken, es sind Tausende, aber bald werden es Millionen sein. Bald wird es zu spät sein, sie aufzuhalten."

"Okay, ich verstehe, was hier auf dem Spiel steht, aber wir sind nur Kinder und wollen nicht blindlings hineingehen. Wir sind sterblich und sie sind es auch. Wir müssen nachdenken und alle Möglichkeiten abwägen, bevor wir unser Leben riskieren."

"Wir verstehen das, und wie ich schon sagte, wir werden euch den Rücken freihalten."

"Nun zu meiner nächsten Frage: Ich möchte wissen, was ich mit einem zehnjährigen Charles Dickens machen soll?"

"Ach das", sagte Raphael. "Zunächst einmal haben wir nichts mit seiner Reinkarnation zu tun. Wir haben eine andere Theorie, als die, die wir dir erzählt haben, nämlich dass du ihn herbeigerufen hast. Wir fragen uns, ob seine Rückkehr ein Fehler ihrerseits war. Vielleicht hat sich das Universum geöffnet und ihn geschickt, um Ihnen zu helfen, als Gleichgewicht. Immerhin ist er ein Blutsverwandter. Und er ist ein Geschichtenerzähler und ein Meister der Handlung.

Vielleicht hat er Mittel und Einsichten, die du noch nicht kennst, um dir zu helfen, die Furien zu besiegen."

E-Z wählte seine Worte sorgfältig. "Aber er ist ein Kind. Er hat noch gar nichts geschrieben. Er wird eine Ablenkung sein, und er kommt aus einer anderen Zeit und könnte uns und unsere Mission in Gefahr bringen."

"Das kommt darauf an", sagte Raphael. "Er könnte eine Geheimwaffe sein. Er ist hier, für dich. Wenn du an ihn glaubst. Dass er zum Schriftsteller geboren ist. Dann wird er mit zehn Jahren bereits über alle nötigen Fähigkeiten verfügen. Nutze ihn zu deinem Vorteil, wenn du es willst."

E-Z ballte die Fäuste. "Wollen Sie damit sagen, dass wir meinen Cousin als Köder benutzen sollen?"

Raphael lachte und flatterte herum, was einen unnötigen Luftzug verursachte.

"Es würde helfen, wenn du aufhören würdest, so viel zu flattern", sagte Rosalie. "Ich bin mit Pullovern eingepackt, aber trotzdem wird mir hier drin nicht warm. Übrigens würde ich jetzt gerne nach Hause gehen. E-Z und die anderen haben zugestimmt, also habe ich meinen Teil getan. Also, auf Wiedersehen, leb wohl. Lasst mich nach Hause gehen."

BINGO.

Rosalie verschwand und landete wieder in ihrem Zimmer. Sie unterhielt sich im Geiste mit Lia und teilte ihr mit, dass sie unversehrt zurückgekehrt war und nun ein Nickerchen machen würde.

E-Z dachte an eine weitere nicht verhandelbare Anforderung.

"Ich möchte Hadz und Reiki in unserem Team haben."

Raphael lächelte. "Hadz und Reiki sind durch unseren Anführer Michael an Eriel gebunden."

"Dann lass mich mit ihm sprechen. Die beiden haben uns geholfen. Sie kommen, wenn ich sie rufe. Wenn wir gegen das uralte Böse kämpfen wollen, brauchen wir diese beiden an unserer Seite, um uns zu helfen."

"Michael ist nicht in der Lage, mit Ihnen zu sprechen. Ich werde jedoch Ihr Anliegen vorbringen. Wenn er es für nötig hält, wird er mir Bescheid geben, und ich werde Ihnen Bescheid geben. Gibt es sonst noch etwas?"

"Ja. Ich muss wissen, wie man die Furien loswird. Sollen wir sie töten? Sollen wir sie dorthin zurückschicken, woher sie gekommen sind? Was genau sollen wir mit diesen Göttinnen tun?"

"Bindet sie, haltet sie fest - und wir machen den Rest. Wenn dein Plan funktioniert, sollten wir in der Lage sein, die Kontrolle über die Seelenfänger zu übernehmen. Wir werden alles wieder so machen, wie es war."

"Was ist mit denen, die vorzeitig gestorben sind?"

"Alles wird ausgeglichen sein... sobald die Feinde neutralisiert sind."

"Bevor du mich zurückschickst", sagte E-Z, "brauche ich etwas, eine Versicherung, dass du uns nicht wieder in die Quere kommst. Uns Hadz und Reiki zu geben, sollte diese Versicherung sein, aber da ihr mir das nicht geben könnt, brauche ich etwas anderes. Etwas, das ich zu den anderen mitnehmen kann, um ihnen zu sagen, dass dies der Beweis dafür ist, dass sie uns nicht wieder hintergehen werden, wie sie es in der Vergangenheit getan haben."

"Was zum Beispiel?"

"Ihre Brille sollte reichen", sagte er.

Raphael sank auf die Knie, ihre Flügel hörten auf zu schlagen und prallten zurück. "Nicht das, alles andere als das", rief sie. "Ohne meine Brille bin ich keine Hilfe für dich und für niemanden."

"Die Erzengel haben Rosalie gegen ihren Willen hier festgehalten. Sie haben sie benutzt, um an mich heranzukommen. Sie haben ihre Meinung über gemachte Versprechen geändert, meine Prüfungen abgesagt..."

Sie berührte die Ränder ihrer Brille und nahm sie dann ab. In ihren Händen verwandelte sich die Brille in eine Schlange, eine rote Schlange, die auf E-Zs Arm kroch und sich hoch, hoch, hoch schlängelte.

"Was zum..." schrie E-Z, als die Schlange weiter seinen Hals hinaufstieg. Über den Rand seines Kinns. Sie schlängelte sich über seine fest geschlossenen Lippen. Hoch und über seine Nase. Dann halbierte sie sich und wickelte ein Ende um jedes seiner Ohren. Dann kehrte sie in ihren ursprünglichen Zustand zurück: die pulsierende Brille.

"Meine Brille gehört jetzt dir, was immer du auch tust - lass nicht zu, dass die Furien sie dir wegnehmen. Wenn das passiert, werden wir alle vernichtet."

"Warte!", sagte die Stimme aus der Wand. "Was ist, wenn ihr versagt? Ihr seid doch nur Kinder."

"Ich kann keinen Erfolg versprechen - aber wir werden alles geben, was wir haben. Aber es wäre gut zu wissen, dass Sie, wenn wir Ihre Hilfe brauchen, Ihre Kräfte einsetzen werden, um uns zu helfen."

"Abgemacht", dröhnte die Stimme.

E-Z saß wieder in seinem Rollstuhl in seinem Zimmer, die rote Brille pulsierte in seinem Gesicht.

"Du musst damit aufhören", sagte Onkel Sam, der gerade das Bett seines Neffen machte. "Bevor ich es vergesse: Sam und ich haben heute PJ und Arden besucht, als wir im Krankenhaus eine Untersuchung durchführten. Wir haben PJs Vater getroffen; er hat uns auf den neuesten Stand gebracht. Sie teilen sich jetzt ein Krankenhauszimmer, aber der Zustand der beiden hat sich nicht verändert."

"Danke, ich wollte sie gerade anrufen. Also gut, Leute, versammelt euch."

KAPITEL 29
WAS TUN?

"Soll ich bleiben?" Sam hielt inne. "Weil meine Frau darauf wartet, dass ich ihre Füße massiere. Das Baby kann jeden Tag kommen, also ist es keine Option, sie warten zu lassen."

"Äh, kümmere dich ruhig um sie", sagte E-Z. "Ich erkläre dir später die Einzelheiten."

Lia umarmte Sam.

"Danke", sagte Sam, als er die Tür hinter sich schloss.

Die Haustürklingel ertönte.

"Ich hab's!" rief Sam, als er zur Haustür lief.

"Er hat eine Menge zu tun", sagte E-Z.

"Es wird einfacher sein, wenn das Baby kommt", sagte Lia.

"Es wird chaotischer sein", sagte Alfred. "Aber darüber sollten wir uns jetzt keine Gedanken machen."

"Also, was gibt es Neues?" fragte Lia.

"Beginnen Sie mit dem Positiven, wenn es welche gibt. Ich hoffe sehr, dass es welche gibt", sagte Alfred.

"Die gute Nachricht ist, dass ich eine Idee habe. Die traurige Nachricht ist, dass ich nicht weiß, ob sie gegen unsere Feinde funktionieren wird. Sie sind bekannt als die Furien. Hat einer von euch schon mal von ihnen gehört? Ich kenne den Namen aus der Mythologie, und sie kommen in einigen Spielen vor."

Lia schüttelte den Kopf.

Alfred sagte: "Ich habe von ihnen gehört, aber das ist schon lange her. Ich glaube, wir haben in der High School über sie gelesen, damals. Ich erinnere mich, dass sie böse waren - drei von ihnen vielleicht? Und sind sie nicht Göttinnen? Ich habe ein Bild von Medusa in meinem Kopf. Waren sie verwandt?"

"Sie sind schlimmer. Viel schlimmer, weil es drei von ihnen sind", sagte E-Z. "Als ich mich übergeben musste, nun, das war direkt nach meiner zweiten Begegnung mit ihnen. Bei der ersten Begegnung war es auf einem Ausflug mit Hadz und Reiki. Sie nannten es eine kleine Erkundungstour. Und keine Sorge, wir waren getarnt, aber ich habe eine Menge gelernt. Sie haben ihr Hauptquartier im Death Valley aufgeschlagen.

"Wie wir vermutet haben, haben sie es auf Kinder abgesehen. In der Welt der Spiele. Lia, du hast gefragt, was sie bezwecken ... Sie wollen Kinder in den Wahnsinn treiben. Kinder in unserem Alter, und sogar noch jünger.

"Sobald sie sie haben, stehlen sie ihre Seelen. Und sie stecken sie in Seelenfänger, die für andere Menschen bestimmt sind. Wenn sie dann sterben, können ihre Seelen nirgendwo mehr hin."

"Das ist so böse!" sagte Lia.

"Wenn die wirklichen Besitzer der Seelenfänger sterben, was passiert dann mit ihren Seelen? Ich meine, wenn ihre Seelen nirgendwo hingehen können - kein Zuhause, kein Himmel - was passiert dann mit ihnen?" fragte Alfred.

"Das ist es ja. Sie haben keine ewige Ruhestätte - wenn sie also sterben, schweben sie einfach herum. Das ist jedenfalls die Kurzfassung. Und wir müssen die Furien aufhalten, und zwar bald."

"Wie nehmen sie die Seelen der Kinder? Das verstehe ich nicht", fragte Lia.

"Ich auch nicht", sagte Alfred. "Kinder, vor allem Kinder, die Spiele spielen, sind sehr computeraffin. Wie bringen sie sich selbst in Gefahr? Wie kommen die Furien an sie heran, in ihrem eigenen Haus, direkt vor der Nase ihrer Eltern?" Er dachte einen Moment nach: "Sind sie dafür verantwortlich, dass PJ und Arden im Koma liegen?"

"Okay, Lias Frage zuerst. Die Furien bestrafen diejenigen, die nicht bestraft werden - das ist seit jeher ihre Aufgabe. Ihre Hauptwaffe war schon immer die Reue. Sie bringen die Menschen dazu, sich schuldig zu fühlen. Damit sie bereuen, dass sie Unrecht getan haben. Und wenn sie das tun, übernehmen sie die

Kontrolle. Sie treiben sie in den Wahnsinn, lassen sie sich selbst zerstören.

"Ich habe dir doch von dem Jungen erzählt, der zu meinem Haus kam und mich erschießen wollte? Er sagte, jemand im Spiel habe ihm gesagt, sie würden seine Familie töten, wenn er mich nicht tötet. Sie haben ihn dazu gebracht, mich zu verfolgen, weil er im Spiel etwas unternommen hat. Ich brauchte einen Hinweis von Eriel, um diese Verbindung herzustellen. Damals kam es mir komisch vor, aber ich habe es nicht gleich gemerkt.

"So machen sie es. Ein Kind spielt ein Spiel, und um im Spiel voranzukommen, muss es jemanden töten oder sogar einen Massenmord begehen, oder, na ja, Sie verstehen schon. In der realen Welt sind diese Dinge Sünden und gegen das Gesetz, im Spiel sind sie ein Teil des Spiels. Bei den meisten Spielen ist es der einzige Zweck."

"Moment mal", sagte Alfred. "Willst du mir sagen, dass sie die Kinder im Spiel bestrafen, als würden sie im echten Leben einen Mord begehen?"

"Das stimmt", sagte E-Z. "Das ist genau das, was sie tun. Sie benutzen die Spieleindustrie als Rechtfertigung - nein, ich glaube, das ist nicht das richtige Wort. Ich meine damit, dass sie ihre Taten billigen, indem sie die Seelen der Kinder stehlen."

Lia schloss ihre Hände und ballte sie zu Fäusten. Dann hielt sie sich damit die Ohren zu, als wollte sie nichts mehr hören. "Du hast absolut Recht, E-Z.

Wir haben keine Wahl - wir müssen diesen Hexen unbedingt Einhalt gebieten. Je früher, desto besser."

"Ich weiß", sagte E-Z, "aber es wird nicht einfach sein. Sie sind Göttinnen, auch bekannt als die Töchter der Dunkelheit und Erinyes. Ihr wichtigstes Ziel ist es, die Bösen zu bestrafen, und im Rahmen eines Spiels ist jeder böse. Das ist die einzige Möglichkeit, im Spiel voranzukommen."

"Du sagtest, du hättest einen Plan, wie lautet er?" fragte Alfred.

"Um zunächst Ihre Frage zu PJ und Arden zu beantworten. Mein Bauchgefühl sagt mir, dass die Antwort ja lautet. Aber ich habe Raphael gefragt, ob sie es bestätigen kann. Sie sagte, sie könne nicht hundertprozentig sagen, wie das eine oder das andere ist. Da die Furien ihres Wissens nach noch nie eine Seele gestohlen haben. Geschweige denn, zwei Seelen.

"Oh, noch etwas muss ich dir sagen: Im Tal des Todes gibt es Tausende von Seelenfängern. Vielleicht mehr als Tausende, und es werden jeden Tag mehr. Sie sind so weit, wie das Auge reicht." Er hielt inne, als würde ihm das Herz in der Kehle stecken, und wischte sich eine Träne weg.

"Es war schwierig, Zeuge davon zu sein. Was sie tun, ist so vorsätzlich und absichtlich. Was ich allerdings nicht verstehen kann, ist, was für sie dabei herausspringt. Ich meine, es war richtig, dass Hadz und Reiki mich dorthin gebracht haben, um es zu sehen. Hätten sie es mir gesagt, ohne es mir zu zeigen, hätte es mich nicht so hart getroffen. Oh, und Raphael sagt, dass sie ihre Aufnahme täglich erhöhen. Wir haben also nicht viel Zeit, um herumzusitzen und nachzudenken. Wir brauchen einen Plan, und wir müssen handeln."

"Sind sie sterblich?" fragte Alfred.

"Ja, wir sind auf dem gleichen Stand", sagte E-Z. "Der Plan, den ich mir ausgedacht habe, war, ein eigenes Spiel zu machen. Onkel Sam könnte helfen. Wenn ich spiele, um Kills zur Schau zu stellen, dann werden die Furien kommen, um mich zu holen. Wenn sie das tun, stellen wir ihnen eine Falle und töten sie im Spiel.

"Ich dachte, ihre Kräfte könnten im Spiel schwinden. Aber dann kam mir der Gedanke: Was, wenn meine auch schwächer werden?

"Wir würden es nicht wissen, bis es zu spät ist", sagte Alfred.

"Das ist richtig. Je mehr ich darüber nachdachte, desto weniger effektiv erschien mir die Idee. Ganz zu schweigen davon, dass, wenn sie PJ und Arden in der Vorhölle festsitzen lassen, bis sie die Kontrolle haben ... Nun, sie könnten ihnen die Seelen wegnehmen. Und wir würden sie verlieren."

"Du meinst, es könnte eine Falle sein?" fragte Lia.

"Genau."

"Du hast uns eine Menge zu denken gegeben", sagte Alfred. "Ich denke, wir sollten darüber schlafen, darüber nachdenken und morgen noch einmal darüber reden."

"Ich bin mir nicht sicher, ob ich schlafen kann", sagte Lia, "aber ich stimme zu, lass uns eine Pause machen. Ich brauche Zeit, um darüber nachzudenken, in wie viel Gefahr wir uns begeben werden. Wir müssen sicherstellen, dass wir uns gegenseitig den Rücken freihalten.

"Klar doch", sagte E-Z. "In der Zwischenzeit werde ich sehen, ob ich einen Plan B entwickeln kann."

Lia verließ den Raum und schloss die Tür hinter sich.

"Ich frage mich, wer an der Haustür war?" fragte E-Z.

"Wir können Sam morgen früh fragen, er ist wahrscheinlich noch damit beschäftigt, sich um die Füße seiner Frau zu kümmern."

Sie lachten. "Klingt wie ein Plan", sagte E-Z. "Gute Nacht Alfred."

"Night E-Z".

KAPITEL 30

OOOH, BABY BABY

"**D**as Baby kommt!" rief Sam einige Stunden später.

Auf dem Weg in den Flur hielt er Samanthas Hand in einer Hand. Über seine Schulter hatte er eine Reisetasche gehängt. Er schnappte sich die Autoschlüssel.

"Du fährst nicht, Liebes", sagte Samantha und legte die Schlüssel zurück auf den Tresen.

E-Z kam auf den Flur hinaus. "Willst du, dass wir mit dir kommen?"

"Mir geht es gut", sagte Samantha. "Lia schläft noch tief und fest."

"Ich wecke sie auf und wir treffen uns im Krankenhaus, okay?"

Lia warf einen Blick über ihre Schulter: "Ich habe schon ein Taxi gerufen. Er wird nicht fahren."

Sam lächelte: "Sie ist der Boss."

"Bis bald", sagte E-Z. "Übrigens, wer war das gestern Abend an der Tür?"

"Es war Rosalie. Sie war erschöpft, also haben wir sie ins Gästezimmer gebracht."

"Okay, danke", sagte E-Z.

Als er den Korridor zu Lias Zimmer entlangrollte und sich fragte, was Rosalie dort machte, klopfte er an die Tür.

"Ich bin's, Lia", sagte er. "Deine Mutter und Onkel Sam sind auf dem Weg ins Krankenhaus. Das Baby kommt!"

Erst gab es ein Krachen, dann öffnete Lia die Tür. Die Lampe auf ihrem Nachttisch stand auf dem Boden neben dem Bett. "Ich bin gleich fertig", sagte sie. Sie schloss die Tür.

Er ging weiter zum Gästezimmer. Er schaute hinein und Sam hatte recht, Rosalie schlief fest. Er ging zurück in sein Zimmer, zog sich an und versuchte, Alfred nicht zu wecken. Schwäne waren im Krankenhaus nicht erlaubt, also wäre es gemein, ihn zu wecken - er würde sich ausgegrenzt fühlen. Er schrieb einen Zettel, auf dem stand, dass Rosalie im Gästezimmer schlief und er sich um sie kümmern sollte, bis sie zurückkamen. Sie solle sich wie zu Hause fühlen, schrieb er. Er hinterließ den Zettel so, dass Alfred ihn nicht vermissen würde, wenn er aufwachte.

E-Z schloss die Tür hinter sich und verriegelte sie, dann stiegen er und Lia in das wartende Taxi und machten sich auf den Weg zum Krankenhaus.

Sie folgten den Schildern und fanden bald die Säuglingsstation. Sam war dort und ging auf und ab, wie es werdende Väter im Fernsehen tun.

"Wie kommen Sie zurecht?" fragte E-Z.

"Wie geht es meiner Mutter?" fragte Lia.

"Danke, dass Sie beide gekommen sind", sagte Sam. Seine Hand zitterte, als er versuchte, einen Schluck Wasser aus einer Flasche zu nehmen. "Samantha geht es wirklich sehr gut. Ich meine, sie hat das schon mal mit dir durchgemacht, Lia, also weiß sie, was sie zu erwarten hat, und ich bin. Nun, ich weiß nicht, ob ich das schaffe. Der Kurs, den wir besucht haben, um uns auf den heutigen Tag vorzubereiten, war gut - aber die Realität sieht ganz anders aus. Ich hasse Krankenhäuser."

"Jeder hasst Krankenhäuser", sagte E-Z. "Aber wenn sie durch diese schwingenden Türen kommen. Und sagen, dass man gebraucht wird... Dann musst du dich zusammenreißen und reingehen und deiner Frau helfen. Denkt daran, dass ihr ein Team seid und zusammen da drinsteckt. Ihr könnt das schaffen!" Er klopfte seinem Onkel auf die Schulter.

"Ich weiß."

Lia legte ihren Kopf auf Sams Schulter. "Du wirst großartig sein."

Eine Krankenschwester kam. "Ihre Frau braucht Sie. Es wird nicht mehr lange dauern. Ich bringe Sie in den Waschraum, und dann können Sie bei Ihrer Frau sein, wenn wir sie nach unten bringen."

Sam nickte, und er ging los.

Der letzte Blick auf seinem Gesicht erinnerte E-Z an jemanden, der vor einem Erschießungskommando steht.

"Er wird wieder gesund", sagte Lia und tätschelte E-Zs Hand.

Stunden später kehrte Sam mit einem breiten Grinsen zu ihnen zurück. "Ich habe noch eine Tochter", sagte er, "und einen Sohn!"

"Zwei Babys?" sagten Lia und E-Z unisono.

"Ja, zwei. Wir haben nur einen auf dem Scan gesehen."

"Wie geht es meiner Mutter?"

"Sie ist brillant! Erstaunlich!"

"Können wir sie sehen? Und die Babies?"

"Gib ihnen ein paar Minuten Zeit, um alles vorzubereiten. Dann kannst du deinen Bruder und deine Schwester Lia kennenlernen, und E-Z deine Cousins."

"Weißt du schon, wie du sie nennen willst?" fragte E-Z.

"Ja, aber wir werden es dir gemeinsam sagen."

"In Ordnung", sagte E-Z.

"Zwei Babys, in diesem Haus - mit all den anderen", sagte Lia.

"Das habe ich auch gedacht. Wir haben bereits ein volles Haus ... aber wir schaffen das schon. Das tun wir immer."

Sie saßen zusammen und warteten.

EPILOG

Einige Wochen später war es der 17. Januar. Weihnachten war mit dem üblichen Pomp und Glanz vorübergegangen, genauso wie das neue Jahr eingeläutet wurde. E-Z war ein weiteres Jahr älter, süße sechzehn, und die Bande war in seinem Zimmer versammelt. Charles Dickens war über Facetime zu ihnen gestoßen.

Am Ende des Flurs sorgten die Zwillinge Jack und Jill für Aufregung. Sam und Samantha waren noch dabei, sich an die Routine der Neuankömmlinge zu gewöhnen. Keiner im Haus hatte viel Schlaf bekommen, bis sie ihre Weihnachtsgeschenke öffneten. E-Z, Lia und sogar Alfred bekamen schalldämpfende Kopfhörer.

E-Z hatte über andere Möglichkeiten nachgedacht, wie sie die Furien besiegen könnten. Neben seiner Idee, sie im Spiel zu verfolgen. Nur wenige andere Möglichkeiten boten sich an.

Während die anderen schliefen, unterhielt er sich online mit Charles. Charles meinte, sie mit ihren eigenen Waffen zu schlagen, wäre "total krass". '

E-Z war etwas beunruhigt darüber, welche anderen Phrasen die Detektive Charles beibringen würden. Gemeinsam beschlossen sie, die Gruppe über ihre Diskussionen zu informieren, wie sie mit der Spielidee vorankommen wollten.

"Es ist ganz einfach", sagte Charles Dickens. "E-Z und ich haben neulich telefoniert und uns überlegt, wie es funktionieren könnte. Wenn sie Informationen über die Drei haben - ich meine, du bist überall im Internet - werden sie über dich Bescheid wissen. Aber sie werden nichts über mich wissen.

"Nicht, dass sie Angst vor mir hätten. Obwohl Edward Bulwer-Lytton einmal schrieb, 'die Feder ist mächtiger als das Schwert'. In diesem Fall hoffe ich, dass das stimmt.

"Ich habe also mit meinen Freunden, den Detektiven, geübt. Wir haben uns gedacht, dass das beste Spiel, um sie einzuschleusen, ein bestehendes Spiel ist. Und wir glauben, wir kennen das perfekte Spiel.

"Es heißt The PK Crew. Das Spiel ist ab 13 bzw. 12 Jahren freigegeben und es ist kostenlos. Das Ziel des Spiels ist es, jeden zu töten, auch deine Familie und Freunde. Du wirst für jeden Mord belohnt, aber wenn du Leute tötest, die dir nahe stehen, bekommst du noch mehr Punkte. Mehr Geld. Sogar Berühmtheit innerhalb des Spiels. Dein Bild auf PK TV im Fernsehen. Auf der Titelseite der Zeitung The Peachy Keen Times. Das Spiel spielt in einer fiktiven Stadt namens Peachy Keen. Es ist die perfekte Falle

- und es ist ein Spiel, das wir selbst auf den Weg bringen werden. Ich werde als Zwölfjähriger spielen, sie kommen ins Spiel und ihr seid schon drin.

"Es wird sicher genug sein", sagte E-Z. "Ich meine, du bist bereits tot - ich meine in deinem früheren Leben - also können sie dich nicht töten."

Es klopfte an der Tür. "Es ist offen", sagte E-Z.

Lia sprang auf und warf ihre Arme um Rosalie. "Schön, dass du wach bist", sagte sie, während sie sich in den dicken Pullover ihrer Freundin kuschelte.

Rosalie war ein wichtiger Teil ihres Teams geworden. Allerdings durfte sie nur noch einen Tag bei ihnen bleiben. Danach musste sie wieder ins Heim zurückkehren.

Als sie durch den Raum ging, um sich zu setzen, klopfte sie Alfred, dem Schwan, auf den Kopf. Sie waren alle schnell Freunde geworden, da sie vor den Babys angekommen war.

"Ich habe dir einige Dinge zu sagen. Erstens: Danke, dass Sie mich so herzlich empfangen haben. Es war schön, Sie zu sehen, und danke, dass Sie mir das Gefühl gegeben haben, zu Ihrem Team zu gehören."

"Ahhhh", sagte Lia.

"Was ich sagen muss, ist, dass ich in einem Buch über andere Kinder mit besonderen Kräften wie euch geschrieben habe. Es liegt in meiner Nachttischschublade. Wenn du das nächste Mal zu Besuch kommst, gebe ich es dir, damit du die anderen holen kannst, die dir helfen, die Furien zu besiegen."

"Wir brauchen jede Hilfe, die wir bekommen können", sagte Lia.

"Raphael und Eriel glauben, dass sie dir helfen können, deshalb wollten sie, dass ich ihnen die Einzelheiten mitteile. Deshalb habe ich alles aufgeschrieben - damit ich nichts Wichtiges vergesse."

"Haben Raphael und Eriel dich deshalb in den weißen Raum gezogen?" erkundigte sich E-Z.

"Ja und nein. Ich meine ja. Sie wissen über die anderen Kinder Bescheid. Aber nein, sie haben mich nicht direkt darum gebeten, die Informationen über sie weiterzugeben. Ich weiß, dass diese Kinder wichtig für dich sind und dass du ohne sie die Furien nicht besiegen kannst."

"Was wissen Sie über die Furien?" fragte Alfred.

Rosalie zitterte und verschränkte die Arme. "Ich weiß ein paar Dinge über sie. Zum Beispiel, dass sie drei unheimliche Schwestern sind, die hier auf der Erde sind, um nichts Gutes zu tun."

E-Z sagte: "Du machst keine Witze. Ich habe den Schaden, den sie bisher angerichtet haben, mit eigenen Augen gesehen. Wir arbeiten an einem Plan. Aber sagen Sie uns, wo sind diese anderen Kinder? Glauben Sie, dass sie uns helfen werden? Vorausgesetzt, wir finden einen Weg, sie herzubringen."

"Sie sind gute Kinder, aber man muss sie und ihre Eltern um Erlaubnis fragen. Einer ist auf der anderen Seite der Welt in Australien, einer in Japan und der andere in den Vereinigten Staaten in Phoenix, Arizona.

Vielleicht gibt es noch andere, aber diese drei sind die einzigen, mit denen ich bisher Kontakt hatte", sagte Rosalie.

"Andererseits wird es komplizierter, wenn wir neue Kinder aufnehmen", sagte E-Z. "Außerdem, wenn wir scheitern, wird es niemanden geben, der für uns einspringt. Es wäre vielleicht das Beste, wenn wir die Sache selbst in die Hand nähmen, mit so wenig Aufsehen wie möglich. Wenn wir es schaffen, ich meine, die Furien auszuschalten - warum dann andere einbeziehen? Fremde? Warum das Leben anderer Kinder riskieren?"

"Es ist noch nicht lange her, da waren wir alle Fremde", sagte Alfred.

"Ich bin immer noch ein Fremder - auch wenn wir verwandt sind", meinte Charles Dickens. "Aber ich gehöre nicht zu den Drei. E-Z hat das Sagen, und ich tue gerne, was er für richtig hält. Die Detektive sagen, ich sei ein Neuling. Und das ist wahr."

Rosalie sah den Jungen auf dem Bildschirm an. "Wir sind uns noch nicht richtig vorgestellt worden", sagte sie. "Ich bin Rosalie und ich bin mir ziemlich sicher, dass ich ein noch größerer Neuling bin als du."

Charles lachte. "Ich bin Charles Dickens."

"Sind Sie verwandt mit, Sie wissen schon, DEM Charles Dickens?" fragte Rosalie.

"Äh, ja, ich bin er - reinkarniert."

Rosalie lachte. "Ich dachte, ich hätte schon alles gehört. Nun, ich freue mich, dich kennenzulernen, Charles."

Ein lautes Klopfen an der Haustür ertönte.

Ein paar Sekunden später bahnten sich gestiefelte Füße gegen Sams Proteste ihren Weg durch den Flur.

"Rosalie", sagte der stämmigere der beiden Männer durch die geschlossene Tür. "Es ist Zeit, ins Heim zurückzukehren. Du brauchst deine Medikamente, also komm raus, sonst müssen wir dich abholen."

Rosalie stand auf: "Sieht so aus, als hätte ich dir alles gesagt, was du wissen musst, und das gerade noch rechtzeitig." Sie ging zur Tür, öffnete sie und ging mit den Bediensteten hinaus.

Im hinteren Teil des Krankenwagens, eine Minute lang, dann im weißen Raum. Die Regale und die Bücher waren die gleichen, aber der Geruch war anders. Vorher gab es keinen Geruch, aber jetzt war er schlecht. Stinkend. Ekelhaft. Wie Bleiche und faule Eier.

Durch die Wand traten drei Frauen ein, die von Kopf bis Fuß in Schwarz gekleidet waren. Anstelle von Haaren hatten sie Schlangen. Und noch mehr Schlangen krochen ihre Arme hinauf und hinunter. Sie flogen auf sie zu. Ihre fledermausähnlichen Flügel standen im Kontrast zu der Reinheit und dem Weiß des Raumes. Blut schäumte aus ihren Augen, als sie mit ihren Peitschen in ihre Richtung schnippten.

Und ihr Gestank war unerträglich.

"Sagen Sie uns, was wir wissen wollen", riefen die Furien unisono.

"Ich weiß nicht, was du mich fragst", sagte Rosalie und hielt sich die Nase zu.

WHIP.

Der Knall der Peitsche streifte die Haut der alten Frau an der Wange. Als sie ihr Gesicht berührte und ihre Hand betrachtete, war diese blutverschmiert.

"Weißt du", sagte Allie, während sie und ihre Schwestern ihre Peitschen noch einmal in der Nähe der älteren Frau schwangen.

"Ich weiß nicht, was Sie meinen."

Ein Bücherregal kippte um. Wäre die sich schnell bewegende Leiter nicht gewesen, wäre Rosalie darunter erdrückt worden.

WHIP.

Ich träume, dachte Rosalie. Ich muss aufwachen. Ich muss JETZT aufwachen und von diesen furchtbaren stinkenden Kreaturen wegkommen.

Ein weiteres Bücherregal ist umgefallen.

Dann noch eine. Und noch einer.

Bald schlug auch die Leiter auf dem Boden auf und prallte ab. Einmal, zweimal, dreimal. Dann zerbrach sie in Stücke.

"Oh nein!" rief Rosalie.

"Du wirst es uns sagen, Liebes", forderte Tisi, während sie die ältere Frau vom Boden hob und ihre schlangenartigen Arme um sie schlang.

Rosalies Füße baumelten bedenklich. Während die Schlangen ihren Oberkörper fester umklammerten.

"Pass auf, Schwester, du verpasst ihr noch einen Herzinfarkt", kreischte Meg und rückte näher an Rosalie heran. "Gib uns, was wir wollen, Liebes."

"Ich werde dir nichts sagen. Egal, was du mit mir machst", sagte Rosalie.

Sie war so mutig. Denn sie wusste, dass sie nicht allein war. Lia war da und hörte zu.

"Das ist reine Zeitverschwendung", sagte Allie, als sie eine Peitsche in die Luft schickte und eine ganze Wand mit Bücherregalen umwarf. Ein paar geflügelte Bücher kämpften sich unter den Regalen hervor. Eines versuchte, mit seinem einzigen verbliebenen Flügel zu fliegen.

Tisi drehte sich zur gegenüberliegenden Wand und zündete die Bücher an. Sie fielen wie Dominosteine auf die arme Rosalie, die unter den brennenden Büchern begraben war.

Die Furien lachten laut und stolz.

Rosalie rief in Gedanken Lias Namen. Wo bist du Lia? fragte sie. Wo bist du, Kleines?

Zurück im Haus, klappte E-Z seinen Laptop auf. "Okay, wir hatten die Gelegenheit, darüber zu schlafen. Sind wir uns alle einig, dass wir keine andere Wahl haben, als gegen die Furien zu kämpfen?"

Lia und Alfred nickten.

"Und wir müssen die anderen Kinder holen und sie hierher bringen. Wir sind zu dritt und sie zu dritt. Lia, du fährst nach Phoenix - Klein-Dorrit kann dich mitnehmen oder du kannst mit dem Flugzeug fliegen."

"Ich bevorzuge Klein Dorrit."

"Okay, das erste Kind ist gefunden. Allerdings wissen wir nicht, wie sie heißt und wo genau sie sich in Phoenix, Arizona, aufhält. Und Sie müssen das mit ihren Eltern klären. Das wird nicht einfach sein, denn Sie müssen sie darüber informieren, in welche Gefahr ihr Kind geraten wird."

"Ja, ich muss mehr Details von Rosalie erfahren."

"Alfred, du kannst nach Japan gehen. Ich schlage vor, dass du fliegst - wir müssen uns um die Logistik kümmern. Du wirst mit dem Kind zurückfliegen müssen, vorausgesetzt, seine Eltern geben dir grünes Licht. Noch einmal: Wir brauchen genaue Angaben von Rosalie, wo das Kind ist. Und es wird eine Sprachbarriere geben, es sei denn, Sie können Japanisch?"

Alfred schüttelte den Kopf.

"Ich werde einen Übersetzer holen."

"Wir besorgen Ihnen ein Telefon, auf das Sie eine App installieren können, die die Übersetzung für Sie übernimmt. Es wird eine Lernkurve geben", sagte E-Z. "Vor allem, weil du keine Finger hast."

"Hört sich gut an", sagte Alfred. "Ich muss mich sofort an die Arbeit mit dem Telefon machen. Es sollte nicht lange dauern, bis ich es herausgefunden habe. In der Zwischenzeit kann Rosalie dem Kind sagen, dass ich ein Schwan bin - damit es nicht in Ohnmacht fällt, wenn es mich zum ersten Mal sieht."

"Das ist eine gute Idee", sagte Lia. "Aber wie willst du tippen?"

"Ich kann meinen Schnabel benutzen."

"Oder ein sprachgesteuertes Programm", sagte E-Z.

"Cool", sagten Lia und Alfred unisono.

"Und ich fliege nach Australien. Ich werde mit dem Kind zurückfliegen, aber es wird schneller gehen, wenn ich direkt dorthin fliege. Oh, und noch etwas: Wir müssen uns eine Falltür ausdenken. Einen Weg, wie wir hier rauskommen können - für den Fall, dass einer oder mehrere von uns gefangen oder getötet oder verletzt werden. Wir müssen auf alles vorbereitet sein. Wenn wir sterben, bevor wir die Sache zu Ende gebracht haben, gibt es niemanden mehr, der die Scherben auflesen kann."

"Die Erzengel", stammelte Lia und hielt inne. Sie zitterte, dann bekam sie keine Luft mehr. Sie schlang ihre Arme um sich.

"Geht es dir gut?" fragte E-Z.

"Pssst", sagte sie. Es gab keine Geräusche im Raum oder in ihrem Kopf, es herrschte absolute und vollständige Stille. Ihr Herzschlag und ihre Atmung normalisierten sich wieder.

"Falscher Alarm", sagte sie. "Ich dachte, etwas stimmt nicht, als würde ich ein SOS bekommen, aber jetzt scheint alles in Ordnung zu sein.

"Passiert das oft?" erkundigte sich Alfred.

"Nein", sagte Lia.

"Okay, lasst uns ein Brainstorming machen", sagte E-Z. Und sie verbrachten den Rest des Tages damit, eine Liste zu erstellen, um herauszufinden, was schief gehen und was gut gehen könnte.

Sie gingen in ihre Zimmer und schliefen.

Für alle außer Rosalie war es eine friedliche Nacht.

Rosalie, deren Stimme nicht gehört wurde.

Dessen Stimme nicht erhört wurde.
Es kam keine Hilfe.
Das Weiße Zimmer wurde zerstört.
Keiner kam, um Rosalie zu retten.
Von den bösen Furien.

Danke!

Liebe Leserinnen und Leser,

vielen Dank, dass Sie den dritten Band der E-Z Dickens-Reihe gelesen haben... Es tut mir leid, dass das Ende so traurig ist, aber manchmal passieren solche Dinge eben.

Der letzte Band ist jetzt als Taschenbuch erhältlich und wird in Kürze auch als E-Book verfügbar sein.

Ich möchte mich noch einmal bei allen bedanken, die mir geholfen haben, diese Reihe zu dem zu machen, was sie ist, darunter meine Testleser, Korrektoren und Lektoren. Hut ab vor Ihnen!

Außerdem möchte ich meinen Freunden und meiner Familie für ihre Ermutigung und Unterstützung danken.

Und wie immer: Viel Spaß beim Lesen!
Cathy

Über den Autor

Cathy lebt und schreibt in Ontario, Kanada, zusammen mit ihrem Mann, ihrem Sohn, Katze und Hund.

Auch von

YA

E-Z Dickens Superhelden buch 4: Auf EIS
Ein mathematischer Zustand der Gnade Vollständige
Serie

NON-FICTION

103 Fundraising-Ideen für ehrenamtlich tätige Eltern
mit Schulen und Teams (3. PLATZ BEST REFERENCE
2016 METAMORPH PUBLISHING)